JN218897

酔いどれ副さんの独りごと

花見信行

雨にも負けず
風にも負けず
頑張っています

はじめに

「戻り次第すぐに出勤するように。始末書を出してもらうから」との上司の書置き。独身で駐在所暮らしの二年目。うららかな日差しに浮かれ、楽しかった映画に思いを馳せながら駐在所の玄関を開けた。

現代のように携帯電話もなく、その前に流通したポケットベルもない時代である。駐在所の玄関を閉めて外出をしたつもりが、玄関は閉まっていなかったのだ。そんな時に上司の巡視があろうとは。

「やっちゃったあ〜」。即日、始末書の提出と相なった。

月日は流れ、退職三年前のある日のことである。

職場の飲み会が終了した後、部下が希望のポストに就けたことを祝って二次会、三次会へと連れ回した。

その挙句、自分が飲み過ぎてしまい、妻の迎えを待つまでの間に寄ったコンビニ店の店員さんと些細なことから口論となってしまった。

酔いは、人間の冷静さを失わせる怖さがある。

「警察を呼びますよ」との店員さんのひと言に「どうぞ呼んで貰って結構ですよ。何も悪いことなどしていませんもの」と、ついつい売り言葉に買い言葉。

「また、やっちゃったあ～」。警察人生二度目の始末書の提出となってしまった。

酒の飲み過ぎには注意を払っていた矢先の失敗である。


人間も生身である限り失敗はつきものである。しかし、人間が起こす失敗も、世間から許される失敗と、絶対に許されない故意の失敗とがある。

失敗ばかりの人生を過ごしてきた私だが、良き上司・同僚等に支えられ、それなりの警察人生を過ごせて来られたのは幸せ者である。

そんな思いを「酔いどれ副さんの独りごと」に纏めてみた。

失敗をいつまでも悔やんでいても前には進めない。倒れたらくじけることなく気持ちを取直し、再び立ち上がれば良いだけのことだもの。

ところで、平成十年以降に警察の不祥事が続いたことから、平成十二年八月、有識者六人からなる会議（いわゆる警察刷新会議）からの緊急提言を受けて、総力を挙げて警察刷新に向けた取組みを強化し、しばしの間は不祥事も減少したが、提言から歳月を経た今日、ひと握りの心ない警察職員による不祥事が再び目に余るようになった。

緊急提言では、警察の在るべき姿として「警察職員の職責の自覚」が掲げられている。不祥事を起こした場合、組織及びその家族に与える計り知れない代償に思いを致し、全国の警察職員が一丸となって善良な市民のために頑張って頂きたい。

困った市民が、その拠りどころとなる最後の砦は、やはり警察しかないのだから。

二　私生活編

「副さん短信」について　101

終わりに　123

酔いどれ副さんの独りごと

POLICE
私の仲間を
たくさん増やーしたいな
やりがいのある
仕事だよ〜ん。

私の生い立ち

昭和四十五年の春、高校を卒業して十八歳で埼玉県警察学校の門を叩いた。

警察学校に着いてみると、各室が六人部屋となっていて、部屋の入口に掲示された名札には、北海道が二名、岩手県が一名、山形県が一名、埼玉県が一名の五名に私を加え、出身地も多岐に亘る部屋であった。

皆が顔を合わせた初日の夜のこと。

仲間が揃ってお風呂に行くことになり、それぞれが入浴の準備をしていた時、私は入浴の準備が出来たことから「さあ、行かず」とお風呂に誘ったのだが、そんな私の言葉を聞いても誰一人として向かう素振りがないことを疑問に思った。

後日、部屋の仲間と親しくなるに連れ、各県の訛り言葉の面白さに腹を抱えて笑わされた。

私が、部屋の仲間に風呂に行くように勧めた「行かず」という言葉も、私の出身地では「さあ、行きましょう」と言う意味で使われている言葉である。ところが、私が「行かず」と言ったことから、仲間はお風呂に行くことを否定しているように感じ、お風呂に行くことを躊躇っていたことが解った。

厳しい中にも人情味溢れた各教官の教えを守り、辛い中にも楽しい思い出と共に、一年間の教育期間を経て四十二年間に亘る警察人生が始まった。


私は、長野県の小さな山村で父親が四十四歳、母親が四十二歳の時に五人兄・姉の末っ子として生まれた。

家は貧しくて毎日食べるのが精一杯であり、父親は日雇いの仕事をしつつ家族を養ってくれていた。

私を除いた四人の兄・姉は何れも二歳違いであるが、末っ子の私は上の兄とは歳が九歳も離れていたため、その分両親は私を可愛がり甘やかせて育てたようである。

そんな中、真面目で実直な両親と、貧乏家族特有の温かい兄弟愛に支えられ、他人を思いやる心は人一倍もってこれまで生きて来られたように感じている。

私が高校を卒業する年の一月、寒い朝に母親が六十二歳の若さで生涯を閉じた。

優しかった母親が亡くなって数年後、二十四歳となった私が、ようやく片親にだけでも親孝行をしてあげられるかな、と考えていた矢先に父親が七十二歳の生涯を閉じた。

父親が歳を重ね、身体も大分弱ってきてからのこと。神奈川県に住む長男宅に父親を連れて遊びに出かけた。

父親の手を引いて小高い丘まで散歩をしながら二人で路端に腰を下ろし、しばしの雑談にふけっていた最中、私が子供の時から疑念に思っていたことを父親にそっと尋ねてみた。【親父は、良くお袋と喧嘩ばかりしていたなあ。雪掃きの箒でお袋を叩いていたことを良く覚えているよ】と思いの一端を話してみた。すると、父親は「そうかい。きく（母親の名前）とは本当に仲が良かったなあ」と言いながら、長年連れ添ってきた妻を偲びながら、しばし彼方を眺めていた父親が印象的であった。

そんな父親は、気は小さいが表裏のない真面目さ一途な生き方で終えた一生であったように思う。

私が、中学生になった頃のこと。自宅前の砂利道を舗装道路に改修する道普請

今は亡き筆者の両親

が行われていたのだが、工事で往来するダンプカーが我が家の一輪車に乗り上げてしまった。大きな音で外へ飛び出して見たところ、そこには走り去るダンプカーと、形がすっかり変形してしまった一輪車があった。今流のあて逃げである。

それを見た父親は、工事の関係者に文句を言うこともなく、壊された一輪車を見ながらただ泣いているだけの姿が記憶として残る。

父親は、小作農家だけでは食べて行かれないことから、毎日のように他家に出向いては、畑仕事や山林の下草刈りなどの野良仕事に精を出していた。

ところが、自分の家の仕事は夕方に暗くなると帰って来るのに、頼まれた他家の仕事はと言うと、夜が真っ暗になるまで仕事をやって来るのだ。

そんな馬鹿正直な父親の生き方に対して、大人への脱皮過程にあった私は疑問を感じていた。例えばこうである。

任された他家の仕事は、誰一人として見ている訳ではないのに夜遅くまで働いて来る。そんな父親の仕事振りを知ってか知らずか、仕事を頼みに来る人の多かったこともまた事実であった。

日雇い作業とは言いながら、働いたその日に賃金を貰うことは稀で、頼まれた一つの大きな仕事が一段落した後から一括して賃金を貰うことが多かったようだ。

そのため、夜遅くに戻ってきては広告の裏側に「〇月×日一日」とか「〇月×日三分」とか、その日の仕事内容を忘れないように書きとめておくのである。

「一日」とある記載は、丸一日仕事をしたという意味であり、「三分」とは、一日の作業時間を十等分にしてみた場合、午前十時ころに降雨などの理由で仕事を中止したという意味である。

それも「三分では多いかな」とか「八分でなくて一日分貰っても良いかな」等と独りごとを言いながら、その日の仕事時間を書き記していた。

そして、仕事に出かける前に自分で冷蔵庫に入れておいたコップ酒二杯を美味しそうに飲んでいた。

私に言わせたら、他人の家の野良仕事など誰も見ている訳ではない。少なくても、自分の家の仕事と同様に夕方暗くなったら帰って来れば良いものを、他家から頼まれた仕事は「暗くなるまで」の表現を通り越して、真っ暗になるまでやってから遅く帰って来るのである。

とかく世の中には、他人の見ていない所では調子良く立ち回る人が多い中で、父親はバ力がつくほどの堅物であったようだ。

最も、そんな父親の後ろ姿を見て育った私に対する警察の職場内の評価も、上司からは「堅物」としての評価が多かったようである。

そんな父親に、ある時にこんな疑問をぶつけてみた。

「父ちゃんは、家の仕事は暗くなったり雨が降ったら直ぐに帰って来るのに、人の家の仕事は何でそんなに遅くまでやってくるんだい」と。

普段から無駄口をきかない口数の少なかった父親は「それでいいんだよ」とひと言答えると、また黙ったまま五尺足らずの小さな体にコップ酒を煽っているだけだった。


ある年の秋、父親と二人で荷車を曳きながら山の下草刈りに向かった時のことだが、山道の端に松茸が数本生えているのが目に留まった。

誰が見ている訳ではないので一本位は採っても良いかな、と思う私の心を見透かしたかのように「傍に行っちゃダメだぞ。間違われるから」と言って、泥棒に見誤られた場合の時を考えて私を諌めるのだ。

そんな父親の姿勢に反発こそすれ迎合できなかった私だが、父親は陰日向のない正直な生き方を私に教えたかったのかもしれない。

そんな父親の生き方が理解できるようになったのは、私が警察官となって以降、出会った上司や同僚などから「花見さんは真面目だね」と言われる度に、親の偉大さを知ることとなり心から感謝した。

父親が七十歳を超えたある日のこと。

次男の結婚式のために神奈川県まで父親を連れて向かったことがある。

この頃の父親は、若かりし頃の苦労がたたってか、大分痴呆が始まっていて体力の衰えもあり、身体を支えてあげないと歩けない体調にあった。

このため、上野駅構内のトイレに連れて行ったのは良かったのだが、トイレから元のホームまで戻る距離が長くて歩くのが困難であった。

そのため、父親に「乗れ」と言って強引に父親を背中に背負い、周囲の目を気にせずにホームを歩き出した。

でも、流石は父親であった。若干の脳軟化を患っていたとは言え、私の背中から「降ろせ、降ろせ」と騒いでいるのも気にせず、目指すホームまで父親をおぶって辿り着いた。

父親としたら、さぞかし恥ずかしかったことだろう。

丁度、その三日ばかり前の新聞に〝足の悪い父親を背負って歩いたが、決して恥ずかしい事ではなかった〟と載っていた記事を思い出し、同じ行動を取ってみただけのことである。

さて、冒頭でも触れたように、母親は私が高校三年生の冬に若くして六十二歳でこの世を去ってしまった。

そんな母親は、兄弟と大きく歳の離れた私を特別可愛がってくれていたようで、村の婦人会の帰途、必ずお菓子を土産として持ち帰ってきてくれた。村内の盆踊りなどの各行事では、自ら役員を買って出ては「金色夜叉」を仲間と演じてみたりして「きくちゃん、きくちゃん」と呼ばれて慕われていた自慢の母親であった。

そんな優しかった母親に対し、私が小学校四年生の時に大恥をかかせた思い出がある。

ある日の授業参観日のこと、日頃の授業では一度も手を挙げた事のなかった私だが、この時ばかりは先生の質問に対して「ハイ・ハイ」と両手を挙げた。

普段、手を挙げたことのない私が先生の目に止まらない訳はない。

すかさず先生は「ハイ」と私を指差して答えを求めてきた。

しかし私としてみたら、母親が授業参観に来ているため、答も解らぬままに手を挙げているだけで持ち合わせの答えはない。

立ち上がって「忘れちゃいました」とひと言。それには、教室の周りを取り囲むようにして立っていたお母さん方から失笑が漏れた。

小さな村内のことであり、どの子供がどこの家の子供かは大体は解っているため、母親としたらさぞ気まずかったことだろう。

最も、殆んどの生徒は答えが解らないまま手を挙げていることから、私の後から答える生徒も私同様に「忘れました」とか「思い出せません」などと勝手な答えに終始し、お母さん方の失笑が続いていた。

午後からは、生徒を早めに帰した後の個人面談である。

母親と面接をした先生は、開口一番「机の中のゴミを持ってお帰り下さい」と言ったそうである。

母親は、先生から言われるままに机の蓋を開けてみたところ、青黴が生えてカチカチになったパンの食べ残しが机の中狭しと押し込められて悪臭を放っていたそうである。

帰宅した母親からは「母ちゃんは、あんな恥かしい思いをしたのは初めてだよ」と怒られてしまった。そんな思い出話も、今となっては「許しておくれお袋よ」のお詫びの心境のみである。

だが、私の悪行はこればかりで終わらなかった。

小学校も高学年になるに連れて悪知恵も長けてくるもので、学校に行きたくないと思う日は、仮病を使って休んでしまうのだ。

当時はどこの家庭にも囲炉裏があり、家族団らんの憩いの場所であった。

発熱時に利用する昔の体温計は、現在のような一分計とか指先に挟むだけで測定が可能な技術もない時代である。

「頭が痛い」と母親に言うと、決まって「体温を計ってみな」が母親の決まり台詞であり、その一言でずる休みが決まったも同然である。

母親が見ていない隙を見計らい、脇の下から体温計を取り出して囲炉裏の火で炙るのだ。

その技術がまた大変で、炙り過ぎてしまうと水銀柱が直ぐに上限まで上がってしまうのだ。このため、ずる休みをするための適温と思われる三十八度から三十九度の間で調節するのが難しく、一旦上がった目盛りを適温まで下げるため、今度はお勝手場に行って水の中に体温計を漬けておかなくてはならないのだ。

そんな、あれやこれやの苦心を経て、母親の『今日はおとなしく寝ていな』のひと言ですべてが完了。これでずる休みが始まるのだ。

そんなずる休みも、回数を重ねる度に知恵が回って益々上手くなってくる。

そして今、原稿を書いている最中に孫を連れた娘が立ち寄り、「何を書いているの」と聞かれたことから、子供時代の思い出を書いていることを話したところ、これを聞いた娘は「お父さんも、そんな事やっていたんだ。私はホッカイロで体温計を温めていたよ」とのひと言にびっくり仰天。〝この父にしてこの娘ありか〟と苦笑したところである。


小学校四年の春、皆が待ちに待った楽しいバス遠足があって善光寺まで向かった。当時、我が家は裕福ではなくて、日ごろ麦飯を食べることが常態化していたため、母親から遠足当日の朝に「麦が入っていてもいいかい」と聞かれた。

その時は、おにぎりの中に麦が混じっていることに何の抵抗もなく「いいよ」と軽く答えた。

ところが、楽しい遠足も昼食となり、皆が並んで座って食べ始めた。友達が食べるおにぎりと同様、私のおにぎりも海苔が巻かれているのだが、それも一口食べれば麦飯が現れてくる。

一個だけ早口で食べてしまった私は、流石に恥ずかしくて二つ目のおにぎりを食べる気にはなれず、食べる振りをしながらわざと下へ落としてしまった。

すると、私の隣でゆっくりと食べていた女の子が「一つあげる！」と言って、自分のおにぎりを私にくれるのだ。

あの時の感激は今以って忘れることはないし、その子を暫らくの間は意識して心に留めていたが、そんな初恋は実らなかった。


五人兄弟のうち、高校まで進ませて貰えたのは私一人であった。さりとて、裕福でなかった我が家では、毎月の月謝が二日、三日と遅れることも一度や二度ではなかった。しかし、貧しい中にも正直者で真っ直ぐな人生を歩んできた両親の後ろ姿があったからこそ、私も人様に恥じることのない人生を歩めていたのかも知れない。

両親は、良く喧嘩をしていたが（最も、父親の一方的な暴力だったのかも知れないが。）、そんな母親の一周忌の席上、亡き妻の姉・妹達を前にして父親は「俺は、きくに死なれて悔しいよ。解るかい俺のこの気持ちが・・・」と大粒の涙を流していたのが印象的であった。

さて、私の学業成績はと言うと、小学校、中学校ともに芳しくなく、特に中学校では、私の成績の後ろにいるのは、いつも決まって同じような顔振れが二、三人いるだけであった。

その分、スポーツだけは人並み以上に頑張って来られたように思っている。

東京オリンピックのマラソン競技において、円谷選手が銅メダルを取った後でもあって、そんな円谷選手の勇姿をテレビで目の当たりにした私は、そんな感激を自分でも味わいたいと、毎日自己流でグランドを走り回って汗を流していた。そんな甲斐が有ってか、学年別の持久走大会では優勝することができた。

また、水泳は人一倍得意な競技であり、五十メートル自由形のクラスの代表選手として出場し、当時としては好記録と言われた三十五秒六で泳いで優勝した直後、今度は、潜水競技のクラス代表選手としても出場し、二十五メートルを潜って折り返し、更に続けて潜ったまま三十一メートルを泳ぎきり、二位の選手の二十一メートルを大きく引き離してぶっち切りの優勝。

各先生方からは「良く息が続くわね」とか「どんな心臓しているんだい」等と驚異の目で称賛された。

勉強が大嫌いであった私の通知表は、五段階の「二」が殆んどの成績で、稀に体育が「三」の時が有った程度である。それも、体育の実技で幾分増しな程度であって、ペーパーテストは、いつも五十点以下。数学や英語の点数は言うに及ばずであった。

そんな中学時の指導熱心な担任は、各試験の結果が出る度ごとに、一番から成績順に教室の内側の壁に沿って並ばせるのだ。

そして「良く回りを見ておくように」と言っては、各生徒に頑張るよう鼓舞するのだが、私はと言うと、いつもクラス四十二、三人の中で四十番前後の成績であって、周りを見回せと言われても、代わり映えのない同じ顔ぶればかりが並んでいた。

そんな訳で、私の通知表は「いちに、いちに」のアヒルの散歩のような成績で三年間を終始した。

こんな成績ではあったが、どうにか高校進学まで進むことができた。

高校生活では陸上競技部に籍を置き、一年生の五月に行われた全校強歩大会では約二十三・二キロを走り、全校で二位に入ることができた。

高校二年生の時は病休したが、翌三年生の時は優勝することができた。

そんな頃、後輩の彼女とお付き合いをしていたのだが、彼女は走ることが得意ではなかった。しかし、私との約束を守って頑張って走り抜き、表彰を受ける順位で戻って帰ってきてくれた時はことの他嬉しくてたまらなかった。

また、学園祭ではクラスの仲間からおだてられ、楽譜も読めない私が「アルプス一万尺」のタクトを振らされ、学芸祭に参加した十数チームの中で三位に入賞することができた。

校内弁論大会では〝困った生徒がどのようにして先生を頼ったら良いのか〟という、先生方を批判したような内容の原稿であった気がするが、優勝をさせて頂くこともできた。

生意気にも、軟派・硬派両刀で学生生活を気ままに謳歌して過ごしていた感がある。

そして、高校三年の夏休み前、元々料理が好きであった私は、都内で天ぷら店を何店も構えるチェーン店へ願書を出す予定でいたのだが、願書を提出する直前に十二指腸潰瘍で入院してしまい、就職を断念して夏休みを家でブラブラとしていた。

そんな折、駐在さんが別件で我が家を訪れ、私の就職が決まっていないことを知った駐在さんの勧めにより、縁あって埼玉県警察官を拝命することとなった。

師から学んだもの

四十年余の警察人生では、十九所属において三十九人の素晴らしい所属長とご縁があった。また、職場以外でもお世話になった方々は数知れない。

そんな中から、特に思い出の深い「私の師」について感謝の念を持って触れさせて戴こうと思う。

下宿先のおばさん

これまでの私が有るのは、偏におばさんを抜きにしては語れない。

警察官となって最初の赴任地は、職員が二十四名ほどの県内で二番目に小さな警察署であった。そんな小さな町であったが、同郷の同期生と二人で下宿をさせてもらった先が「大野きみ」さんである。

ご主人を亡くされて一人住まいをされており、私達二人が赴任する前から上司の計らいで下宿先が決まっていたようである。

おばさん宅の空き間であった二階の八畳間が寄宿先となった訳だが、おばさん夫婦には子供が無かったからかも知れないが、私達二人を本当の我が子のように接して可愛がってくれた。

昭和四十六年当時のアルバムを開くと、当時の給料は約三万円である。そこに、若干の時間外勤務手当が加わっても手取りで三万三千円の時代である。

私達二人は、寝る場所があって朝夕の二食付き。しかも、仕事から帰ると必ずお風呂が沸いているのだ。二人が成人式を終えた以降は、夕餉にはビールを準備してくれた日も限りない。

そして、食事が終わった後は決まって翌日の出勤時間を尋ねてくる。

翌日がどんなに早い出勤であれ朝食の準備を欠かしたことがなく、二人の靴も綺麗に磨いておいてくれてあるのだ。それでいて、家賃は一万円だけで良いと言う。

そんな親切に思い余り、家賃を上げてくれるように何回かお願いをしたのだが、「これで十分なんだから」と決まり文句のように言って増額を固辞していた。

そんなおばさんに痺れを切らせ、食卓の上に一万二千円を乗せ「今月からはこれでお願いします」と言ってみても「要らないよ。要らないよ」と言って一万円以上は受け取ろうとはしなかった。

そんなおばさんも寄る年波には勝てず、私が退職する一年前から病院暮らしとなっていた。病室に見舞い「私も来年三月に退職になるが、警察官になった時もお世話になったんだから、退職の時も元気にいてよ」と励ましてみたのだが「そうだねえ〜」と力のない返事が返されるだけだった。

そして、私が退職する二週間前の三月、九十三歳で永久の眠りについた。

亡くなってから知らされたことだが、親族が病院に見舞った際「私が亡くなったら必ず連絡して欲しい」と言って、私の名前と電話番号を親族に伝えてあったそうである。

こんな面倒見の良かったおばさんの形見は、葬儀で頂いた長寿銭であり、片時も離すことなく大事にバッグの中に収めている私である。

上司のFさん

私の仲人でもあるFさんとは、卒業配置後の比較的早い時期にご縁を持つことができた。

ある月末の夕方、一緒に当直勤務に就いた交通係員が、月末の報告があるとのことで署長室に入った。

今から約半世紀も前のことであり、しかも職員が二十四名程度の小さな警察署であったため、いわゆる巡査が署長室に入るようなことも常態化していた頃の話である。

間もなくして、交通係員を怒鳴る署長の声が聞こえてきた。叱っている内容が私なりに理解ができた時、この署長の仕事に妥協なく邁進する熱意が私に伝わり、以来仕事への取組み姿勢を間近で学ばせて頂いた。

翌年のこと。警察学校に入校して約四十日間学ぶ機会があった。

幸運にも、卒業試験を五十人中四番の成績で卒業して所属に戻った。すると署長は「成績が一割に入っているのに優等賞が出ないなんて可笑しい。それなら俺が出すから」と言ってくれ、有り難く署長からの表彰を頂くことができた。

Fさんは、決して仕事に妥協を許さなかった人で、その分、自分の考え方を部下に解り易く伝える術に長けた上司でもあった。

私が退職してから後も、何度か杯を共にさせて頂いたが、八十九歳で亡くなられ痛恨の極みであった。その分も奥様には長生きをして欲しいと願う次第である。

余談だが、「はじめに」の冒頭で触れさせて頂いた、警察人生で最初の失敗をした私から始末書を徴取した署長でもある。

しかし、始末書を取られたその翌年のこと。署長室に呼ばれた私は、何事かなと思いを巡らせながら入室したところ「失敗は繰り返してはダメだぞ」と言いながら、署長自ら私に始末書を返してくれた。

その言葉は、今も有り難く脳裏に焼き付いている。そんな人情家の上司であった。

上司のIさん

ある警察署で少年係長当時のこと。

その日は、県下の担当課長会議が開催され、課長が不在の日であった。

当時、中・高校生を中心とした若者の間でシンナーの乱用が流行っていて、急遽少年を逮捕する必要があった事から、必要な書類を整えて署長の決裁に伺った。

署長は、私が作成した書類に目を通した上で「私は、花見君の書類にはいつも盲判だからね」と言うではないか。

「晴天の霹靂」とは、正にこんな時のことを言うのかも知れない。

実際、盲判を押すような上司はどこにもいない。しかし、そんな言葉を受けた部下にしてみたら、自分を評価して貰えた喜びに浸ることは至極当然であって、更なるやる気が沸いてきて胸熱くした一日であった。

そんな出来事を経て〝任せて任せず〟という部下の操縦術を学ばせて頂くことができた。「書類が良くできているから、仕事も君には任せているんだよ」と言われているのと同様、これ程までに部下のやる気を鼓舞させる活かし方はあるまい。

日頃から冗談を言われる訳でもなく、ただ黙々と仕事を進める中で部下を公平に扱ってくれ、しかもちょっぴりお酒好きで寡黙なところは私好みの上司であった。

以来、更なる意欲に燃えた私は、運もあってか連続ひったくり・強姦事件（現在は、強制性交罪に罪名変更。）の端緒を得ることができ、幸運にも翌年の警部昇任試験にも合格させて頂いた。

上司のNさん

新米の刑事課長として赴任した警察署でのこと。

管内では、連続放火事件が発生して連日の捜査が続いていた。

深夜から明け方にかけての犯行が多く「掴めぬ犯人像」などと連日マスコミに大きく取り上げられていた。

そんなある日、担当次長と共に署長室からお呼びがかかった。

署長室に入るや否や「どうするんだよ」と、いきなり署長の厳しい言葉が飛び込んできた。

勿論、連続放火事件の対策を聞かれていることは言わずとも解る。

これまでも、犯人の逮捕に向けた諸々の対策を講じていたが、犯人像を絞り切れぬまま、最初の発生から約一か月が過ぎていて返答の仕様もない。

その間も、次々と放火事件が続いているのに犯人の目途さえない。

担当次長と私は、次の発生をさせないよう多数の署員を出して警戒に当たることを伝えた。その瞬間、署長は「そうじゃないだろう。刑事は捕まえることなんだよ！」と一括された。

世間の耳目を一心に集めた事件であったことから、犯人の逮捕に向けた署長の気持ちが理解できる分だけ辛いものがあった。

連日の密行・張り込み捜査が続く中、捜査員の疲労が目立つものの誰一人弱音を吐く捜査員はなく、中には当直明けなのに当夜の張り込みを申し出る捜査員もいて、部下の背中には犯人逮捕に向けた刑事魂が溢れていて嬉しかった。

そんなやる気に満ちた姿勢は必ず報われるものである。

ある日の夜、街中を警戒していた捜査員が一人の男に職務質問を開始した。

「どちらまで行かれますか」の問いかけに「今から帰るとこです。これはたばこを吸うために持っています」と言いながら、男はポケット内より自らライター取り出したのだ。

「語るに落ちる」とはこのことである。

捜査員は、この男に対して放火の話もしていないし、ましてや、ライターの所持目的など全く聞いてはいないのだ。しかも照会の結果によれば、男には過去に放火の前歴もあるではないか。

その夜以降、この男をマークすることになったのだが、二週間ばかり男の行動確認に努めるも不審な行動は見られなかった。

しかし、連日・連夜の張り込みと男の秘匿追尾を一日たりとも欠かさなかった捜査員の執念が遂に実を結ぶ時が訪れたのだ。


ある日の朝、待ち望んでいた男が動いたのだ。

それは午前五時過ぎのこと、自宅の玄関から出て来た男は、辺りをキョロキョロと見回しながら歩き出したのだ。

その後方を秘匿追尾すること約十分。捜査員は、前方を歩く男が急に右側に入ったことを見逃さなかった。

男に駆け寄ろうとした瞬間、座り込んでいた男の前から火の手が上がったのだ。間違いなく男の犯行である。

その場から立ち去ろうとした男を放火容疑で現行犯逮捕し、犯行に使用したライターを差し押さえた。

署長室に事件解決の決裁に伺ったところ、署長は「良くやってくれた」と言いながら、両手を差し出して喜んでくれ、何よりも刑事冥利に尽きた一瞬であった。

この上司は酒席の雰囲気を好み、部下を分け隔てなく指導してくれて職員の誰からも好かれていた。

飲み始めるとトコトン飲むタイプで、署長を公舎まで送り届けると「明日も飲むか」と気さくに声をかけてくれる、大らかな性格の良き上司であった。

上司のTさん

Tさんは、お酒も多くは飲めないが酒席の雰囲気を好み、お酒が入ると自分から余興を始めるなど、場を和ませる術は特筆ものの明朗・闊達な上司であった。

私か出勤して仕事の段取りを組んでいた午前八時過ぎのこと、出勤した署長が刑事部屋に来るや否や「今、出て行ったのは課長か」と窓口の事務員に尋ねたそうである。

そんな私はと言うと、バイクを利用したひったくり事件が連日のように発生し、その度に捜査員が駆け出す中、犯人を捕まえようという意欲は私とて同じであって、部下に任せているだけの課長では失格である。

「よし、俺の手で！」の気概を持ち、自転車に飛び乗って走り出した直後、その姿が署長の目に止まったようである。

その日は犯人を捕まえることができなかったが、その後の継続捜査により犯人の少年を逮捕した。後日、署長から慰労会と称して部下と一緒に頂いたお酒と焼き鳥の味は、今も忘れ得ぬ良き思い出となっている。

また、朝の決裁に伺うと、自分の体験談を語ってくれる等、私にとっては貴重な日々であった。


人それぞれの勤務経歴を有している所属長だが、ともすると中には自分が長く経験をして来た部門を中心に署内の巡視をする所属長がいる中で、この上司は各課を万遍なく巡視しては職員と冗談を言い合い、笑わせながら職場の雰囲気を盛り上げるなど、魅力溢れた優しい上司であった。

こうして見ると、四人に共通していることは〝部下を分け隔てなく公平に指導してくれた上司〟という点において、部下に好かれ慕われる共通の姿勢を持っていた上司であったように思える。

皆さんの
安心を願って
縁の下の力持ち
として頑張って
いますよ。

いたわり三題

各県の警察本部では、その県独自の警察小雑誌を全職員に配布している。お世話になった埼玉県警察でも「秩父嶺」と題する小雑誌が毎月発行されている。中味は、警察職員に必要な業務知識であったり、職員やその家族等の随筆や写真集など、多岐に亘る内容が盛られていて、職員が毎月の発行を心待ちしている楽しみな一冊である。ある時「心に残るあの人」のテーマで原稿の募集があり、応募して採用されたことがあったので、当時の文面をそのまま転写してみたい。

一

警察人生三十年。縁あって忘れ得ぬ多くの上司と巡り合うことができた。

拝命して三年目のある日、私はパトカーで物損事故を起こしてしまった。当直長からの報告を受けて出署した署長の姿を認め、直ちにお詫びをしようと署長に歩み寄った時である。

私の姿を認めた署長は「どうだい、怪我はなかったかい。これからはしっかりと頼むよな」と先に声を掛けてくれたのだ。

署長は当直長からの報告を受け、私に怪我のなかったことは承知している筈なのに、事故を起こして落胆していた私への第一声がこんな思いやりのある言葉であった。

そんな優しい部下思いの上司に惹かれぬ部下はいない。

ミスを怒られ、諫められることの多い中でのいたわりの言葉は、思いの他に効果の有ることを学ばせていただいた。

そんな上司も二十年ほど前に他界された。

二

「異動だよ」。少し早い、そして希望する分掌でない異動に戸惑った。

送別会の席では、これまで殆ど言葉さえ交わした事のなかったある上司より「分掌は何になったの」と声をかけられた。

私が希望する刑事の分掌に就けなかったことは知っている筈であるが、答える私に返してくれた言葉は「そうかい。でも、また早く本部に戻って来て一緒に仕事をしような」のひと言は、落胆していた私にとっては何よりの嬉しい言葉であった。いたわりの心を持って、気軽に声をかけてくれた上司の優しさ溢れた心根は、あれから二十数年を経った今以って心に沁み込んでいる。そんな上司も数年前に退職された。

三

A署で新米の刑事課長として勤務中、隣接警察署の刑事課長から「A署で指名手配をしている車泥棒を捕まえた。余罪が随分あるようなので合同で捜査をしないか」と誘いを受けた。

基本的には、指名手配をした警察署においてその男の余罪も処理をするのが筋である。

先方の刑事課長は私の大先輩。渋々合同捜査を承知して副署長へ報告に出向いた。すると副署長は「お前の立場はそれでもいいよ。でも、汗水垂らして苦労して来た捜査員はどうするんだ。

お前は刑事の責任者だろう。部下の心を踏みにじるような幹部は軽蔑されるぞ」

と叱責された。

日頃から部下思い。そして刑事経験の長いこの上司は、非才な私をはじめ、上下の分け隔てなく正論で指導・助言をしてくれた良き上司であった。そんな上司も退職されて早十年が経つ。

そして、尊敬する各上司から頂いたいたわりを、今度は私が還元してあげる番になったのかな、と考えるこの頃である。

思うがままに十八話

四十年余の警察人生を振り返ると、多くの人との素晴らしい出会いがあった。そして、私が歩んで来た社会生活において、感じた思い出話などを「思うがままに十八話」に纏めてみた。

一 仕事編

その一　部下の逃げ道を残してあげる

署長を補佐する立場に立ってからのこと。

雑多の業務に追われる中で、ある部門の監察が行われた。

万端の準備を整え、自信を持って臨んだ結果の講評となった。

署長と私、そして監察責任者の三者の席上「確認しましたが極めて不出来でした。個別に説明します」と言った後、随行員が三枚に纏めた内容を十五分ほどかけ、一つひとつ説明を始めた。

監察者の立場として、間違いを正しく指摘して理解させることは至極当然なことである。失敗や誤りを正しく指導することは、二度と同じ過ちを繰り返させないという目的があり、当然、その指導には妥協があってはならない。

自信を持って監察に臨んだ私だが、取違いをして作成をしていた事により、思いもよらない「不出来」との講評に気が動転してしまった。

ましてや、署長を横にして細部に亘る指摘を受けるはめとなり、意気消沈とはこのこと。冷静に受け止めて指摘内容を理解できる心理状況には程遠かった。

指導をする上で、時により相手方の逃げ道を残しておいてあげる指導方法もこれまた有りなのかな、と感じたところである。

例えば、こんな時には「確認をしましたが極めて不出来でありました。大きな間違いは○○と××でした。個別の問題については、副署長さんに良くお願いをしておきます」程度の説明であったとしたならどうであっただろうか。

そんな説明を受けた署長にしてみたら、私の作成した書類が極めて不出来であった事が良く理解できた筈である。

その上で、私が作成した書類の不備な点については〝副署長を細かく指導して貰える〟と理解できたのではないだろうか。

私としてみたら、大まかな不備の指摘が終わったら場所を改め、落ち着いた雰囲気の中で丁寧に指導して頂けたならば、より正しく理解が深められたように思えた。

大元を勘違いして纏めた書類であれば、細部においても誤りが有るのは当然である。

人間は誰しも「人に認められたい」という強い欲求を持って生きており、そんな思いは私とて同様である。

署長の部下として、その前でがんじ搦めに一つひとつの不備を細部に亘り指摘されては、冷静に指摘を受ける心のゆとりも限られてくる。ただ、不備な書類の作成に私の故意が有ったとしたら話はまた別である。

相手の逃げ道（逃げ場）を残しておいてあげる指導者の姿勢は、時に応じて必要な事のように感じられた私の不始末であった。

それは、同一の職場内における上司と部下の立場でも同様に同じ事が言えるように思われる。

不出来な書類を作成してしまった事に対し、署長にお詫びをしたことは言うまでもない。

その二　率先垂範こそが上司の姿

どんな職業であれ、幹部の率先垂範の姿勢は基本である。
時に「幹部は部下の管理・指導が大事なことであり、幹部はあまり動くものではない」

と言われる方もいる。

あながち、それが間違いだとは思わないが、上司の立場で部下の指導をすることは当然であって、それに加えて率先する姿勢も望まれる。


新米の強行犯係長の時である。

若さが取り柄の係長とは名ばかりで、五十代の先輩刑事や退職を控えた大先輩を部下に抱え、部下に対してものが言えない、さりとて率先する訳でもない私がいた。

そんな私の消極姿勢とは裏腹に、隣席には仕事が万能で、部下の指導に精を出す前向きな取組み姿勢を持つ係長がいた。

そんな姿から積極的な取組み姿勢を学び取り、その経験を活かす事ができたのは、私が三交代制の部署で勤務するようになった時である。

その職場では、毎月の犯罪検挙の成績を三班で競い合い、トップを取った班が隊長表彰を受けることになっていた。

勿論、私の班には優秀な仲間が集まっていたことも確かだが、私は過去の失敗をした勤務経験を踏まえ、自ら率先して犯罪検挙に向けた努力を重ねて来た。そんな継続した姿勢は、実績として現れるものであり、一年十二回の表彰のうち四か月間連続を含む七回の隊長表彰を受けることができた。

上司の積極的な取組み姿勢は、必ずや花開くものであるようだ。

その三　二つ準備するから安心なのだ

各県から代表者が集まる大切な会議があり、その準備要員として駆り出された。簡単な手土産を準備することになり、その買い出し役を命じられた。

上司から「一つ余分に買って来るように」と指示を受け、参加人数の他に一つ余分にお土産を買って来て準備も万端。

会議も無事に終了して簡単な食事でお開きとなり、参加者に渡したお土産が一つ手元に残された。会議の段取りを組んだ主管課の次席が後方に居ることも知らないで「結局、余ったな」と同僚と話していたところ、私の後方にいた上司は「花見、それでいいんだよ」と言って笑っていた。

会議場の整頓も一段落し、その後の慰労会の席でのこと。

参加者に持たせるべき手土産について、参加者の数だけを準備しておいた時、急な随行員の来訪が有ったり、予想のつかない思わぬ展開を想定し、絶対的に必要な数に一つ上乗せして準備をしておく事の大切さについて「あのな、二つ準備しておくから安心なんだよ」と言って私を諭し教えてくれた。

そんな出来事以来、自分が会議等を仕切る立場となった以降、大いに参考とさせて頂いた出来事であった。

その四　人の褒め方

立ち寄った書店の棚に「人の褒め方」について書かれた文章が目に止まった。

そこには、人を褒める方法として、第三者を介して褒める事が効果的であると書かれていた。

誰もが知っている事だが〝叱る時は人前で叱るな。褒める時は人前で褒めよ〟とは良く言われていることである。人の褒め方ひとつを見ても、効果の上がる生きた褒め方をしたいものである。

例えば、褒めてあげたい部下の不在時に、その周りの者との会話の中で「〇〇部長は良く頑張ってくれる。有り難いことだ」等と何気なく口走っておくだけで良い。

そんな話は巡り巡って、褒めてあげたい相手方に「先日、課長が【良く頑張ってくれる。有り難い】と褒めていたよ」と伝わることになる。

そんな話を伝え聞いた本人としてみたら、これ程までにやる気が沸いて意気に感ずる褒め言葉はあるまい。

私も過去にこんな経験をしている。

職場の飲み会に高熱を出して休んだ時のことである。

私のことをある上司が「奴は無骨者だが良くやってくれて有り難い」と話したそうである。そんな話が同僚から私の耳にも入ってきた。そんな上司の言葉を伝え聞いた私は「そうか、そんな見方をしてくれていたのか。よし、頑張らなければ」と、更なるやる気に燃えたことは言うまでもない。人間は〝他人に認められたい〟と言う願いと〝より以上に向上したい〟という強い欲求を持っているものである。

仕事を進めるに当たり、上司から直接褒めて貰えることは嬉しいものだが、他人を介した褒め方も部下のやる気を奮い立たせる一つの方法であるように思える。

その五　教官として伝えたかったこと

縁あって、関東管区警察学校において二年間の教官勤務を経験した。

各県で巡査部長昇任試験に合格した精鋭が、いわゆる初級の幹部として必要な教育を受ける場所であり、警視庁、皇宮警察を含む関東十県の仲間が約四十日間、寝食を共にして幹部の心構えを学ぶ場所である。

また、警部補昇任試験に合格した精鋭が集う「中級幹部科」も設置されているが、私は初級幹部科の学生を担当した。

私は係長当時、警察本部のある部署から一線の警察署に配置換えとなったのだが、希望していた刑事係長に成ることができなかった。それにいじけ、勤務を続けていた悪い経験を踏まえて、入校して来る学生には自己紹介の席上「昇任をしてどこの職場に配置されても、自分の願いと異なる部署に配置を命じられても決して愚痴をこぼすな。与えられたポストでしっかりと頑張れ。そんな姿勢を良く見てくれている上司は必ずいるものだから」

と折に触れて激励して来た。

また、卒業式後には、学生の一人ひとりと握手を交わし、全員に「頑張れよ！」と声を掛けて見送ってあげた。

そんな時、学生の中には「聞いた話は忘れません」と言って私の手を強く握り返してくれたり、新しい所属に配置された部署の近況報告と併せて「初日に教官から貰ったナポレオンの【勝利】の詩を机に貼って元気でやっています」等の嬉しい便りを頂くことができた。

そんな教場を共にした各県の教え子の数は、二年間で五〇〇名を数えるが、時を経て今は五十歳前後の中枢幹部となり、各県で多くの仲間が活躍してくれていることだろう。

そんな嬉しさと共に、教官当時が懐かしく思い起こされる。

ナポレオン・ビルの「勝利」

もし　あなたが負けると考えるなら
あなたは負ける

あなたがもうダメだと考えるなら
あなたはダメになる
あなたが勝ちたいと思う心の片隅で
無理だと考えるなら　あなたは絶対に勝てない
もし　あなたが失敗すると考えるなら
あなたは失敗する。
世の中を見てみろ
最後まで成功を願い続けた人だけが
成功しているのではないか
すべては「人の心」が決めるのだ
もし　あなたは勝てると「考えるなら」あなたは勝つ
向上したい！　自信を持ちたい！・・・と
もしあなたが願うなら
あなたは　そのとおりの人になる
さあ　再出発だ！

強い人が勝つとは限らない　大きいものが勝つとは
限らない
私は「出来る！」そう考えている人だけが
結局勝つのだということです

とある。

人生は、順風満帆の時ばかりではない。弱気になって消極的な姿勢となることだってあるさ。でも、そんな時こその「勝利」の詩を噛みしめて、一歩を踏み出す勇気を持って頂きたいと願ったものである。

その六　上司の言葉には素直たれ

空き巣だ、ひったくりだ、やれ火災だ等と多忙な日々が続いていても、課長が事件記録を持つことはまずない。その分、適正な部下の指導・管理に追われる毎日だが、私は日頃から用事のない職員は遠慮なく早めに帰宅させ、家族団らんの中で翌日に向けた鋭気を養うような指導に努めてきたつもりだ。

夕方の帰宅時間が過ぎても、上司が席に残っている限り部下も先に帰れるものではない。そんな風潮は今も昔も変わらないようであり、私とてその例外ではなかった。

そこで、これまでの経験を踏まえて「仕事が終わった人は早く帰って下さいよ」と、夕方になると同じ言葉を繰り返していた。

そんな言葉をかけ続けていたある日のこと。時折「課長、お先に失礼します」と言って帰宅する二名の部下が現れた。

一人は、将来を嘱望された三十代手前の若手係長。もう一人は、性格も良くて仕事を確実にこなす信頼の厚い三十代の主任であった。

勿論、二人とも自分の仕事が一区切りついたとしても、係内の仕事の進捗具合を見ながら帰宅していたことは当然である。

当時、この二人を見ながら〝将来、芽の出る職員だな〟と感じたものである。

そんな出会いがあってから二十年余が経った今、当時の係長は、歳若くして警察本部の所属長となり、日々陣頭指揮に当たっている。

また主任は、警察署の刑事課長として敏腕を振るい、その後は警察本部の中枢部門で活躍してくれた。

時には、上司の言葉を素直に理解し、早めに帰宅して翌日の鋭気を養うことも大切なことのように思える。

その七　頑固な人には花がある

組織の目標に向けた仕事を進めるに当たり、部下に仕事の方向性を正しく示してあげ、そこを良く理解した部下を数多く抱えられるかどうかが、最も大事なことのように思われる。過去、職場を共にした仲間の一人に、心底から感心した部下の係長がいた。

ある日の夕方、憔悴仕切った中年のご夫婦が刑事部屋を訪れた。係長と一緒に話を聞いてみると、奥さんが浮気相手から殴られた揚句、口止め料と称し、現金を持参するよう要求されて困っているという切羽詰まった内容であった。

事件の詳細を聞いてみるに、男の住んでいる場所と殴られた犯行場所が共に隣接警察署の管内である。

被害者の住む住所地を管轄する警察署でも事件の処理をすることは可能だが、管轄権から見た場合、第一次的な捜査権を有する隣接警察署で事件の処理をするのが一般的である。

私は、この事件を受理して捜査を開始した場合、事件処理に必要な捜査員を夜遅くまで残すこととなり、そんな捜査員の帰宅が深夜になってしまうこと。また、事件の概要を隣接警察署に伝えたところ、隣接警察署で捜査をしても良いとの返事も受けていた。

このため「事件を他署に引き継ごうか」という思いと「折角、困って刑事課を訪ねて来たのだから事件を受理しようか」と、双方の思いが脳裏をよぎり暫しの葛藤があった。

勿論、係長とて同様の思いでいたのだろう。

一瞬の間が有ってからである。同席していた係長から「課長、やるべーよ。管轄なんてどうでもいいよ。俺が今から調書を巻くから（被害者調書を作成すること。）」と言ってくれたのである。

係長とて、この届出を事件化するためは数人の部下を遅くまで残さなくてはならない。係長も悩んだ末の決断と思われたが、方針が決まればあとは簡単である。

当署で事件処理をすることをご夫婦に伝え、事件の終結までの協力をお願いした。

そして、必要な捜査員を割り振り、所要の捜査を経て夜遅くに男を逮捕することができた。

有能な係長は、この一連の捜査過程でもポイントを押さえた被害者調書の作成に頑張ってくれ、二時間をかけずに立派な書類を完成させてくれた。

後日、男から二度と被害者に近づかないことを誓約させて罰金刑で釈放となった。

その後、刑事課を訪れたご夫婦は「何よりも嬉しかったです。本当に有難かったです」と言いながら、涙して頭を下げる二人を目の当たりにし、係長と共に顔を見合わせて刑事冥利に浸った一瞬でもあった。

この係長は、部下に対する言葉遣いが横柄で、しかもベテラン刑事が故、部下に対しても自分と同等の仕事のレベルを求めがちであり、その指示も威圧的な面があった。

また、自らが納得できない事は、たとえ上司の指示であれ梃でも動かないという、俗にいう異端児ではあったが、組織の対応力が求められている時こそ、このような職員は以外と力を発揮してくれるものであることを学ばせてもらうことができた。

この係長は、その後も上司の期待に応える前向きな取組み姿勢を見せてくれ、私がその警察署を離れるまでの間、変わることなく一途に仕事に取組んでくれた。

「頑固な人には花がある」である。

太い根本付近に咲いた小さな花
（頑固な幹にも花がある）

その八　口論したら車には乗らない

朝、家族が出勤する場合、残った者が気持ち良く「行ってらっしゃい」と、その日の無事を願って送り出す光景は日常的である。

それが、前の晩とか朝の出がけ前に口喧嘩でもしようものなら、挨拶もそこそこに送り出してしまうことになる。

そうすると、送られる側もムカムカした気分で出勤することになり、心に余裕のない一日を過ごすことになってしまうため、車の運転は控えるに越したことはない。

ある朝、勤務に就く直前に上司と些細なことから口論をしてしまった。その直後に密行活動の時間が迫っていた。

車の運転を同僚にお願いするつもりでいたのだが、惰性の勢いでつい自分からハンドルを握ってしまった。

運転を始めて暫くの後、自転車に乗った挙動の不審な男性を見つけた。直ちにUターンするため車両の後部を路地に入れ、直ぐに発進しようと公道に出た時、公道の右側から走って来たバイクと衝突してしまった。

所属長より「幹部がそれではいけない。落ち着いて仕事をするように」とのお叱りを受けたのは当然である。

仕事に就く前に、精神的なゆとりを欠いたまま車両の運転をすると碌なことがない。冷静さを欠いた気持ちのままで車両を運転することは厳に慎むべきである。

その九　真面目な性格こそ大切に

ある主任が、仕事に行き詰まったとかで急に出勤しなくなった。

そんな日が五日、六日と続くと心配になってくる。

早速、担当係長を自宅に向かわせてみたところ、特別な理由はないのだが、何となく仕事が億劫になってしまい、そんな日が一日・一日と重なってしまったとのことである。

この主任の成績は、刑事課内でも上位に位地しており、ミスもなく地道に仕事をこなしてくれる信頼の厚い部下である。

このため、医師の診断を進めた上で気持ちが落ち着いたら出てくるように助言をしてきたとのこと。

「それで良し」。私もしばしの間、様子を見てみることにしたのだが、流石に二週間余も出勤をしてこないと心配になってくる。

心を病む者に「頑張れ」等の言葉は禁句である。

そのため、主任と同様の経験をしている私の話をしてあげ、少しでも主任の気持ちが穏やかになって貰えたなら、と考えて自宅を訪問してみた。

話を聞いてみると、理由もなく一向に出勤する意欲が沸いてこないのだという。

そこで、以下の私の体験談を話してあげた。

「俺も職場では課長の立場で威張っているよ。でも、昔は仕事に行き詰まり大きく悩んだことが有ったんだよ。

うつになった時、たまたま妻の置手紙があり、それに励まされて今の自分があるんだよ。薬を飲んだからと言って病気が治るものじゃないよ」と伝え、後述する妻の置手紙の話をしてあげ「気が向いたら、何時でも良いから出てきなよ」と話して退席しようとした。

と、その時である。何かがふっ切れたかのような明るい顔に変わった主任が正座をするや「課長、長い間休んでいて済みませんでした」と言うではないか。私が、かつて悩んでいた時と同様、ひょんなきっかけを基にして、ふっ切れたような顔色に変わったのだ。

私が悩んだ体験を話してあげた時「課長でも悩んだ時があったのか」という、驚きと安堵の表情を見せた主任に賭けてみることにした。

翌朝に出勤してみると、何と長期欠勤をしていた主任が席に座っているではないか。私は驚いて「無理はするなよ」と言うのが精一杯。嬉しさで胸がことさら熱くなった。

その後の懇親会の席上、私の傍らに来た主任は「あの日の課長の話は私には夢のようでした。課長でもあんなに悩んだことが有ったなんて知りませんでした。課長の話を聞いていて、急に気持ちが楽になったんです。あれ以来、薬も飲んでいません」と、主任の笑顔が弾けていて嬉しかった。

人間、悩んでいる後ろ姿に魅力はない。

もとより、完璧な人間なんて何処にもいないいんだから「自分だけじゃない」、「俺だけじゃないんだ」と考えたなら、どれ程までに気持ちが楽になることか。

たとえ躓づいて落胆しても、前を向いて進むことの大切さを如何に早く気付く事ができるかが大事なことである。

私自身、思い通りにいかない人生に腐ったり、失敗を他人のせいにして自分に甘えていた日々もあった。でも、腐ってみたところで何の進歩もない。

真面目にコツコツと頑張っている姿は、人の心を惹きつける筈であり、輝いて見えるものである。

地味な生き方でも良いじゃないか。

世の中を見てみれば良く解る。私には、外見が派手に見える人ほど、何となく薄い人間に思われてならない。

真面目な生き方は、何にも優る大切な財産である。

その十　基本を守ることの大切さ

事を成すに当たっては、どんな職種であれ「基本の形」は必ず存在する。

お世話になった警察にも、事を成すに当たっては必ず基本がある。

ある時、脅迫事件の届け出を受理した。

届け出の内容は、家族の誰一人として他人とトラブルとなった覚えはないのだが、「〇日の何時に現金〇〇円を封筒に入れてポストに入れて置け」との脅迫文がポストに投げ込まれてあった。

早速、指定された日の夕方、脅迫犯人を捕捉するために被害者宅の直近に刑事を多数張り込ませた。

警察学校を卒業して新たに配置となり、刑事課で修習中の新人警察官二人も張り込みに同行させ、被害者宅の郵便ポストさえ見えない、恐らく絶対に犯人が現れないであろう遠く離れた場所に新人さん二名を配置に付けておいた。

被害者宅は裏通りに位置しているが、通勤・通学客が多く往来する場所である。

そんな中で犯人を特定するのは極めて困難であり、郵便ポストに近付き、ポストの中を覗き込んだ者を確保して追及する以外に手段はない。

被害者宅の郵便ポスト周辺を中心として捜査員を張り込ませ、屋内の二階にも捜査員を配置して犯人を捕捉する張り込み体制に万全を期したつもりでいた。

その後、息を潜ませて張り込んでいたのだが、指定の時間を過ぎても遂に郵便ポストに近付く者は現れなかった。

警察署に引き上げて来たところ、二人の新人さんから思いもよらない言葉が飛び出した。

それは「私達が隠れていた前の道で【駄目だ。人が多くて行けねえ！】と、独り言を話していた人がいました」との話。

「それだあ。それが犯人だ！」。

犯人とて、様子見のために一度や二度は被害者宅の前を通っている筈である。

さりとて、新人さんを配置しておいた場所は、被害者宅から約四十メートルも離れており、郵便ポストはおろか、被害者宅さえ目視出来ない場所での張り込みである。

捜査員が犯人を捕捉した後、順次駆けつけてくれれば良いか、と安易に考え、新人さん二人だけを配置してしまった私が愚かであった。

犯人の予測不能な行動までも考慮し、被害者方を全く見えない場所で有ったとしても、張り込み場所として選定をした以上、新人さんに捜査員を一人でも付けていたならば、捜査の展開もまた大きく変わっていたことだろう。

「まさか」の展開にあ然としたが後の祭りである。

捜査の常道を逸脱して新人さんだけを付け、基本を疎かにした私の責任は大である。

結局、郵便ポストまで近寄る不審な行動の者は見当たらず、その日以来、被害者方に脅迫文が投げ込まれなかったことに胸をなで降ろした出来事であった。

また、恐喝犯人を手元に手繰り寄せておきながら、目の前から逃走された苦い思い出もある。恐喝犯人の逮捕状を取り、犯人の立ち回り先と見込まれる場所に対して、男が立ち回った場合の通報依頼をしておいた矢先、当直をしていた午前五時過ぎ、県外のホテルから「警察から頼まれていた男が昨晩から泊まっています。『朝早く起こして欲しい』と言われているのですが・・・」との通報が寄せられた。

「何でもっと早く教えてくれなかったのか」と思いつつ、警察署から車で五十分はかかる他県の町まで向かうには、捜査員を招集してから向かわせたのでは間に合わない。

そこで、当直勤務の若手捜査員一人を連れて通報先のホテルに急行した。

男には、四年前にも同種の罪で服役した前歴が有り、前刑時の取調べ官からは、男の性格や取調べ時に留意すべき点については確認済みである。

取調べ官からは「奴は、またやったのですか。奴は、必ず飛びますからね（逃げることの意味。）」との貴重な情報を得ていた。きっと、前刑時の取調べ官も何か苦い経験が有ったのだろう。

本来、このような粗暴癖を有する者は、ともすると警察側を恫喝して威勢を示す輩が多いものである。

はやる気持ちでホテルに到着し、従業員の協力を得て朝食の提供を理由に部屋の鍵を開けさせ、その隙に二人して踏み込むことに決め、計画通りに難なく部屋に踏み込むことに成功した。

男は、警察官に踏み込まれたことで観念したかのように、事前の予想に反して思いのほか素直であって、何等抵抗をすることもなく玄関先まで素直に降りてきた。

あと数メートル男を同行すれば、ホテルの玄関前には警察車両が横付けしてある。

しかし、男の甘言に惑わされ、妥協を許した一瞬の隙をついて目の前から逃走されてしまったのである。

男は「お巡りさん、これで暫くは戻れないので女に電話をさせて下さい」と懇願してきた。

このような粗暴歴を持つ輩は、ゴネたり粗暴な姿勢を見せるものだが、玄関まで素直に従って来た男に対して一瞬の情が沸いてしまった。

相勤者と目配せをし〝まあいいか〟と思いつつ「手短にするんだぞ」と言って玄関脇の

公衆電話まで向かわせた。

勿論、私達二人は男の後方約一・五メートルの左右に位置して警戒に当たっていた。

すると男は「聞かれるのが嫌だから、あと一歩下がっていて下さいよ」と言い出した。

そんな男の言い分に対して私は、この距離であれば若い相勤者も一緒だし、私とて足には多少の自信を持っていたので、まさか飛ばれるとは夢にも思わず、安易な気持ちのままに約半歩後退した。

すると男は、左手に受話器を握り、右手で硬貨を入れる素振りをしたかと思うと、私を振り向いて「あと、少しでいいから離れて下さいよ」と男が懇願して来たのである。

私は、前刑時の取調べ官から知らされていた【奴は飛ぶ】の助言もすっかり忘れ、それまで注視していた男の動作から一瞬目を離し、自分の足元に目を落とした瞬間である。

一瞬の隙を見透かして受話器を投げ捨てた男は、玄関を脱兎のごとく駆け出し、数メートル離れて続く駐車場のブロック塀上段に両手を付いて、正に乗り越えようとしている所で追い付いた。

男の足にしがみ付いたものの、片足の履物をその場に残して男に振切られてしまったのである。

駐車場を大回りして外に回って見たのだが、畑の中を走り去る男の後ろ姿が彼方遠くに見えるだけたった。

人間、油断することほど怖いことはない。

日頃の業務において、上司から「基本を守ること」の大切さを教えられていても、私のように守るべき基本を守らなかった場合には、必ず私同様に失敗の予備軍と化してしまう事は明白である。

特に、市民の敵と対峙する機会の多い刑事警察官、そして、これから刑事警察官を目指す職員には「星は必ず飛ぶ」という言葉を日々忘れないで励んで頂きたい。

その十一　鋭敏な捜査感覚を養う

前章では、守るべき基本を逸脱したことにより犯人に逃走された苦い経験を話してみた。

ここでは、多少自慢話になるが、捜査感覚を働かせて事件を検挙した事例三件に触れてみる。

巡査部長に昇任し、勇んで赴任した某警察署での出来事だが、車同士の交通事故により、被害者が二週間から三週間のけがを負わされ、相手の車両が逃走するというひき逃げ事件が発生した。

被害者は、逃走した犯人の車について、咄嗟の事であり車両の色しか覚えていないとのことであった。

専務係の懸命な捜査にも拘わらず、犯人の発見には至らなかった。

ひき逃げ犯人の検挙に向けた署員の思いも薄れつつあった、発生から約六か月が経ったある日のこと。

私は、相勤者とパトカー勤務で警ら中、一時停止違反の車両を現認して直ちに停止を求めた。

相勤者が交通違反の切符を切り始めたところ、交通違反をした運転手の職業が自動車修理工と解った。しかも、その修理工場は隣接警察署の管内とはいえ、ひき逃げ事故の発生場所からは数キロしか離れていなかった。

「もしかしたら」の感覚を働かせ、その工員さんに六か月前のひき逃げ事故の話をし、発生時期ころに車両の修理を頼まれたことがなかったか聞いてみた。

すると「時期ははっきり覚えていないが、その頃に○○色の車両を修理したことがありますよ」との話。

「これだ」。私の感覚からしてひき逃げ事故の犯人かもしれない、との思いに心が躍った。

早速、専務係において修理工場の協力を得て内偵捜査を進めた事は当然である。

こんな情報によって、後日ひき逃げ事故の犯人を逮捕することができたのである。

その直後に行われた署長訓示において、署長は「皆さんは〝心ここに在らざれば〟という言葉を知っていますか・・・」と、事件が発生して日が過ぎていても、常に管内で発生した事件を忘れることなく、心に留めて勤務をして欲しい旨の訓示の中で、私の名前を出して大いに褒めて頂いた。

後日談だが、署長は「ひき逃げ事故は軽微であったが、いつまでも忘れる事なく、ひき逃げ事故を良く覚えていて端緒を得てくれた」と交通係長に指示し、個人に与えられる最高の表彰である「賞詞」を上申してもらうことができた。その結果、上申より一ランク下であったが「賞誉」の表彰に預かることができた。

二件目は、機動捜査隊で勤務していた当時、工夫を凝らして車上荒らしの犯人を逮捕した事例である。

ある警察署の管内で、宵から夜にかけて車上荒らしが散発的ではあったが発生していた。

同種の車上荒らしは、境界を接する他県警察署の管内でも発生していたのだが、ある日の夜、車上荒らしの犯人が民家の庭に侵入し、ドアを開けて車内を物色中のところを被害者に発見され、徒歩で逃走する事件が発生した。

現場で事情聴取をするに、被害者は犯人の顔と着ていた服の模様も良く見ており、もう一度犯人を見れば良く解るとのこと。また、被害者方の庭には犯人の足跡がほぼ鮮明に残されていた。

夜間帯の発生であり、車両に乗って犯人を探し求めてみても、車両のライトが近づいて来れば、犯人なら当然物陰に隠れてしまう。

犯人は、被害者方の前の道路を繁華街の方向に走って逃走したとのことから、覆面車両をはじめ、警察本部の警ら用車両などが多数集まって来た中で、犯人の逃走方向とは逆方向の捜索をすることにした。

私達が向かった方向は、辺り一面に田圃が続いていて、付近には人家もない場所であった。

被害者方から約五〇〇メートル程離れた田圃の一角に、道路と続くようにして空地があったことから、犯人が歩いて来ることを予測し、車両のエンジンを切って待つこと二十分ばかりが経過していた。

その間、私達が秘匿警戒中の前の道路を、何台かの警察車両が通過したが、私達が待機をしていた場所は暗くて、警察車両側からも見えない場所である。

相勤者と二人の目もようやく暗がりに慣れた頃、被害者方の方向から歩いて来る人影が有ることに気が付いた。

時間的にも場所的にも犯人の可能性はある。

相勤者に「良し、行くぞ」と気合を入れ、直ちに車両を発進させて男の前に立ちはだかった。男の所持する物品から犯罪経歴を照会したところ、男には車上荒らしの検挙歴が二件ある。しかも、男の着ている服も男を目撃した被害者の言う服装と概ね合致していた。

私達の追及に、当初はあれこれと言い訳をしていたが、他の捜査員の応援を求め、どうにか警察署まで同行することに成功した。

被害者に対して、透視鏡が設置された取調べ室から男を確認させたところ「あっ、こいつですよ」と言って、自信を持って男を指示してくれた。また、男の服装も目撃した当時のままであるとのこと。

そこで、男が履いている靴底を確認すると、被害者方の庭に残されていた足跡とも極めて酷似している。

これらの諸状況を元に男を追及した結果、犯行を自供させることができた。

この事例は、闇雲に車両で走り回ることなく、犯人の逃走方向を見越した上、暗がりで辛抱強く警戒していた事が功を奏したものである。


三件目は、生活安全課の係長当時のこと。

管内で、少年とおぼしき者による連続強姦事件（現在は、強制性交罪に罪名が変更されている。）が発生し、懸命な捜査にも拘わらず杳として犯人の特定には至らなかった。

若い男が犯人程度の情報しか持ち合わせていなかった私だが、当直勤務中の雑談で事件の話が出された時、犯人が被害女性に向かって「耳が餃子のように潰れているでしょう」と言いながら、自分の潰れた耳を被害女性に見せていた旨の話が出された。

当直勤務員からそのひと言を聞いた私は〝そんな情報も有ったのか〟と、内心小躍りして喜んだ。

刑事課において、犯人に関する細かな情報を確認したところ、犯人は自転車を利用しており、被害者の年齢を聞き出した上で「俺の姉ちゃんと同じ歳か」とも話していたと教えてもらった。

自転車を利用している犯人であれば、管内に居住していることの推認ができる。しかも、耳が潰れていたことの事実。それを頭に入れて、管内にある数校の高等学校に向かい、生徒指導の先生と面接し、学校で把握している素行の不良な体育部に所属する生徒の聞き込みを進めてみた。その結果、ある高等学校の生徒指導主任から「困っている×××部の生徒が一人いるんです」との情報を得ることができた。

その学生の背恰好や風体を聞くに、やけに犯人の男の風体に似ているではないか。最後の切り札として、作成されてあった犯人の似顔絵を示したところ「これは、今お話しした○○君に間違いないと思います」との情報提供が得られた。しかもこの少年には、被害女性と同じ年齢のお姉さんがいるとのこと。

私からの情報を基にして、その後専務係で犯人の少年を逮捕することができた。

警察官は、管内で発生した事件について、発生から日が経ようとも、鋭敏な捜査感覚を持って勤務していれば、思いもよらない事件情報が得られることを学んだ出来事であった。

「鋭敏な捜査感覚」の余談だが、警察本部の某課に勤務中、刑事部長の運転担当をしていた職員が休暇を取得した。その日、刑事部長が捜査本部に行く用事ができたとのことで、代理の運転を頼まれて私が運転をして捜査本部へと向かった。

車中、雑談をしながら乗っていた刑事部長が、急に「変死体はねえー」と話し始めた。

長年捜査を担当し、地方を周って来ている刑事部長さんだけに捜査経験も豊富な方で、「女性死体の見分け方」について話してくれたのだが、要約、以下のような内容であった。

女性の死体を見分するに当たり、少しでも死因に疑問を持った時は〝女性の年齢と履いているパンツに矛盾がないか〟を良く調べて見る事が大切な事だと話してくれた。

死体の年齢に比べて、不相応に若すぎると思えるような派手な下着を着けている女性の場合は「その陰に男がいる」と思ってまず間違いがないとのことであった。

女性の死体について少しでも疑問を持った場合、亡くなった女性の男関係を良く捜査することの大切さを伝授してくれたのである。

検視は、安易な処理をしがちであるが、変死体の見誤りは犯罪を闇に葬ってしまう事となる。

刑事部長が話してくれた言葉は、警察在職中、常に心して勤務して来たつもりである。

二 私生活編

その十二　子供には一つ秀でたものを

親として何にも優る喜びは、子供が健康で明るく素直に育ってくれることである。そして、やれ幼稚園のお遊戯だと言っては大騒ぎをし、やれ運動会だ、展覧会だ等と言っては子供の出来栄えを気にするようになる。

〝親の欲目〟とは良く言ったもので、日頃から子供を塾やスポーツクラブ等に通わせていなくても、催し事の都度、子供には期待する部分がある。

そのため、自分の子供には何か秀でたものを一つ持たせてあげることが大切なことであるように思える。

私事で恐縮だが、我が家でもそんな思いから、子供達にはそれぞれに得意な分野を持たせてあげたいと考えていた。

子供達の希望により、スイミングやピアノの塾に通わせていた中で、習字の塾だけは三人が希望してくれ、塾が有る度に三人が自転車で楽しそうに出かけていた。

そんな甲斐が有ってか、三人とも各コンクールで何回も賞状を頂くことができ、中でも長男は、文部大臣表彰まで受賞することができて嬉しかった。

また、走ることの好きだった私に合わせるかのように、いつの頃からか長男と次男も私と一緒に走るようになり、遠く福島県や新潟県にも出かけ、開催された各種の親子マラソン大会や個人走で優勝したり、多くの大会で入賞することができた。

各地の大会では、長女も一緒になって応援をしていたが、自分も走りたくなったのか、私に誘われるままに小学校三年生の時には、栃木県で開催された親子マラソン大会を走って六位に入賞した。

表彰式では、大会の関係者から「女の子ですか。男子に混じって良く頑張りましたね」と褒められ、長女の笑顔が弾けていた。

そんな事から、毎年小学校で行われる校内持久走大会では、長男、次男が共に二年続けて大差で一番になることができた。

妻と子供達の応援に出かけ、多くの父兄に混じって応援していたところ、我が子のぶっち切りの走りを見ていたお母さん方が「あの子だけは特別よね！」と隣で話しているのを耳にし、妻と目で笑い合いながら親冥利に浸っていたものである。

やはり、子供には、何か一つ秀でたものを持たせてあげることは大切であるように思える。

それにより、子供としても「これだけは誰にも負けないぞ」という優越感を持ち続けることができ、成長する過程で貴重な財産となるはずである。

ところで、今を遡ること三十余年前のことだが、子育てに関する著名な方の講演を聴く機会があった。

講演要旨は、自身の子育てに関する体験談であり「自分の子供には特別の教養を授けたことはない。塾にも行かせたことはなかった。

ただ、子供達には〝挨拶を大きな声ですること〟そして〝玄関の履物を整理・整頓すること〟の二つだけは口を酸っぱくして言ってきたつもりだ」というものであった。子供達に躾をきちんと学ばせて来た理由として「玄関は、その家庭を有りの儘に映し出してくれる鏡だからである」と力説されていた。

この講演に感銘を受けた私は、当時小学校の一年生であった長男以下の子供達にも同様の指導をしたいと考え、妻と一緒になってそんな指導に努めて来たつもりでいる。

幸いにも、そんな子供達も子の親となった今、孫の顔見たさに子供の家を訪問してみると、外から帰って来た孫が誰に言われずとも、玄関で履物を揃えて家の中に入って来る姿を目にする度に、子供の頃からの躾の大切さを改めて感じさせられる。

その十三　豚は確かに木に登った

諺の一つに「豚もおだてりゃ木に登る」とある。

広辞苑によれば、「能力の低い者でも、おだてられて気を良くすると、能力以上のことをやり遂げてしまうこと」とある。

私が幼稚園に通っていた五歳の時、園に通ういつもの道端で時折食用牛の爪切りが行われていた。

大人が数人掛かりで牛を抑えつけての爪切りは、子供には珍しく見ているだけで面白かった。

ある日のこと。園に向かわずに爪切りを見ていた私達に「早く行かないと遅れてしまうぞ」と、大人達が声を掛けてくれたそうである。

私には記憶がないのだが、私がその大人達に向かって「幼稚園は毎日あるよ。爪切りは今日しかねえよ」と答えたそうだ。

後日、そんな話が両親まで伝わってきたとのこと。そして、私の事を大人達は「あの子は、きっと将来大物になるよ」と話していたそうである。そんな話を親から聞かされたのは、私が小学校高学年になった頃である。それを聞かされて浮かれていたのが一段目の木登りである。

そして、私が二十歳となった駐在所勤務の時、近くに字画で姓名判断をしてくれるお婆さんが住んでいた。

将来を占って貰ったところ、私の名前を白い紙に何回も書き続けた数分後「出たよ。貴方は頭目になる目が出ているよ」との嬉しい占い結果。今以って、私のアルバムに大切に貼ってある。そんな励ましのような占い結果を軽信し「よし署長になってやるぞ」と、気を良くして頑張って歩んで来た警察官人生でもあった。これが二段目の木登りである。

その後、巡査部長に昇任して赴任した警察署の管内に、テレビにも出演した事が有るという有名な女性の占い師さんがいた。

〝ものは試し〟と考えて私の結婚時期を占って貰った結果「貴方は二十七歳になった時に良い縁談がある」との占い結果であった。

「そんなものかなあ」程度に軽く考え、半信半疑で過ごしていたある日、相勤者とパトカーに乗って警ら中、偶然に立ち寄った人形販売店でお茶をご馳走になったのが縁で「うちの姪子を貰ってくれないかな」と話が弾み、半年間の交際期間を経て現在の妻と結婚した。

占い師さんの言う二十七歳になった後の縁談であったが、よくも飽きずに四十年。縁の深さには自分ながら驚いている。

新婚旅行先のホテルにおいて、二人でボウリング遊びをするかしないかで言い争いとなった。

丁度その日は、私が受験した警部補昇任の第二次試験の発表日と重なり、私の心は朝から穏やかではない。大好きなボウリングを断られたことに憤慨し「もう家へ帰れ。どこにでも行け」と大声で怒鳴り散らしてしまった。

妻は、そんな私に対して「もう私の帰る所なんてない」と真顔で言うではないか。

それを聞いて〝二十一歳にしてここまで芯の強い子なのか〟とほとほと感心させられた。

二人で歩んだこの四十年。我が儘な私から無理を言われて怒られようが、トイレに籠ってはじっと我慢して堪えていた、そんな妻の辛抱強さは私が一番良く知っている。

そんな妻の姿は、今は亡き妻の母親と同じである。正に辛抱強さは母親譲りであるようだ。

さて私は、これまで二度のフルマラソンを走り、多くのハーフマラソンで汗を流してきた。今も、寸暇を探しては妻とスポーツジムに通い、知り合った仲間から「若いですね」とおだてられ、妻からは「お父さんは若造りだよね」等と言われながら心地良い汗を流している。これが三段目の木登りである。

単純な私を豚に例えるなら、やはり「豚もおだてりゃ木に登る」というところであろうか。

その十四　酒の飲み方は永遠のテーマ

酒好きの人に「もうこれ以上飲まない方がいいよ」と忠告をしてみたところで「解ったよ」と言って程々に止める人はまずいない。

かく言う私も「もう止めな。飲み過ぎているよ」と、妻から良く叱られる。

朝仕事へ出かける時には「今日は休肝日だから飲むのはよそう」と誓うのだが、夕方になるとすっかり朝方の決意が鈍くなる。

妻には「○曜日と○曜日は休肝日にするから」と、恰好の良い台詞を吐いてはみるのだが、妻の隙を見計らい、茶飲み茶碗にそっとお酒を注いでは知らぬが半兵衛と決め込む始末。

良く酒好きな人は「親が酒好きだったので、ついつい私も好きになっちゃって・・・」等と言っては砕けて笑う。

そんな血筋は争えないもので、私の父親も酒好きだった。

村内では、年に二・三回各家庭から一人ずつが公民館に集まり、役員を決めたり諸々の打ち合わせが行われていた。

それが終わると、待ちに待った懇親会が開かれるのだ。酒好きな父親はいつも飲み過ぎて帰って来ては、母親に洗面器を持たせて来てはゲロを吐いていた。

そんな父親を見て「何で酒なんて旨いのかなあ」と思っていたのだが、酒好きな血筋は争えるものではない。

そんな一例が、警察官となって最初の赴任地で酔いつぶれてしまったことである。

当直勤務員を残して、土曜日の午後から楽しいバスの一泊旅行があった時、車内で注がれるままに飲み過ぎてしまい、目的地に着く頃にはすっかり出来上がってしまっていた。

四十数年も前のこと。殆んどのトイレが未だウォシュレットではない水洗便所の頃のことである。その旅館も同様に水洗便所であった。

旅館に着く前から気持ちが悪くなっていて、旅館のトイレに入ったものの酔いも手伝い水洗便所の水で顔を洗ってしまった。それが運の悪いもので、一緒に旅行したある係長に見られてしまったのだ。

その後の人生においても終着駅まで電車を乗り過ごしたり、足が縺れて転んだことも一度だけではない。

数年前のこと。

仕事帰りに寄ったカラオケスナックで気分良く飲んで歌って遊び続けた結果、帰宅の足は最終電車しか残っていなかった。何とか最終電車に乗ったのだが、時間も遅いことから空席もチラホラと目についた。

そこで座ってしまっては眠ってしまうと考え、最初は吊皮に掴まって立っていたのだが、電車が大きな駅に着いた途端に多くの乗客が降りてしまい、かなりの空席が目立つようになった。

そこで、ゆっくりと座って帰ろうと考えて座ったのがまずかった。

どの位の間居眠りをしてしまったのだろうか。

そのうちに、車内のザワザワとした周囲の音に目が覚め、辺りを見回して気が付いたのだが、何とそこは終点の駅であり、私が降りる予定の駅からは遠く離れた他県の町であった。

酔いも吹き飛ぶ思いで妻に電話を入れたところ「タクシーで帰って来て」とのこと。しかし、午前一時を過ぎていて、タクシーを利用して帰宅したのでは一万数千円の失費となるのは間違いない。

自分の不甲斐なさに憤慨し、妻には「歩いて帰るから心配するな」と伝え〝三時間も歩けばつくだろう〟と意地になり歩き出した。

歩いても歩いても、通過する交差点に掲示されている標識は何れも初めて読む地名ばかり。どこの地点を歩いているかさえ解らないまま約二時間歩き続けた。さて、ここら辺りまで歩いて来ればそろそろ埼玉県内だろうと考え、最寄りのコンビニ店に立ち寄ってみて驚いた。

店員さんの「こっちは足利方向ですよ。埼玉ですと逆方向ですよ」との言葉。

「ええっ」とひと言発するだけで次の言葉が出なかった。

何のことはない。終点の駅から埼玉県に向けて歩いていたつもりだったのだが、何と終点の駅から更に逆方向に向けて歩いていたことが解った。その途端、虚脱感で足腰が急に重たくなった。

歩いている最中、妻からと思われる携帯の電話音が何回も掛かって来ていたのに、それを無視して遠くまで歩いて来た自分をぶち殴ってやりたい思いであった。

深夜の三時を回っていてはタクシーさえ通らない。

仕方なく気持ちを取直し、好きな演歌を口ずさみながら終点の駅まで歩いて戻ること約二時間。薄もやの中に街並みに連なる多くの街灯が見えた頃は、足もすっかり棒のようになっていて、酔いは完全に覚めていた。

「最終駅は始発駅」の歌の文句ではないが、降りた駅の始発電車に乗って無事に家まで辿り着き、シャワーを浴びたまま一睡もする事なく職場へ出勤となった。

こんな思いは、もうこりごりである。

酒にまつわる話題には事欠かない私だが、警察本部の某課で勤務していたある時のこと。職場の一泊旅行で秩父市に出かけ、宴も盛り上がって最高潮となった。

方々で車座ができ、そんな輪の中にいた私の近くにも、かなり酔っ払ってご機嫌の上司がお酒を注いで回って来た。

順次、部下にお酒を注いで回り私の前に来た上司は、いきなり「お前は少しも酔っていないじゃないか」と言いながら、私の頭を平手で一発叩いてきた。上司も楽しい酒宴のムードの中で、大分酒量も越えていたのだろう。

私は、仲間達と気持ち良く飲み、楽しく談笑していた場所にやって来ては、いきなり〝パチン〟と頭を叩かれたことに憤慨した。

咄嗟に私の顔色が変わったのだろう。

仲間が小声で「謝っておきなよ」と、その場の雰囲気を和ませようと、私に気遣ってくれたのは良く解っていたのだが、生来が意地張りの私は、謝る事なく上司の顔を見続けていたところ、気まずくなった上司が先に車座から離れて行ってしまった。

そんな出来事をはじめ、凡人の私にとって「酒の飲み方は永遠のテーマ」なのかも知れない。くわばらクワバラである。

その十五　思いやりの心は親譲り

中学一年生の時、約一年間早朝の新聞配達をした。

寒い朝のこと。

テレビでは、都内大島町における大火が報道されていた。見聞きした情報の中に「子供達は、勉強道具を持ち出すことなく身体一つで逃げ出した」とまで報じられていた。

何か力となってあげられることはないものかと考えた末、新聞配達をして残してあった小遣いからノートを買って贈ることに決め、二包みのノートに激励文を添えて送らせてもらった。

その後、約半年を経た頃に、大島町からのお礼状と一緒に中学生の文集が私が通う中学校に送られてきた。私が送った激励文の中に、同じ中学生であることを書いて有ったことから、お礼状が私の中学校あてに届けられたようである。

毎週月曜日には学校全体の朝礼があって、月曜日のある朝、校長先生から「こんな思いやりのある生徒さんが当校に居たことを誇りに思います」と、全校生徒の前で紹介してくれた。

些細な贈り物であったが、こんな困った人の心を酌める思いやりの心はやはり親譲りなのかも知れない。

その十六　三人の子供と我が家の家宝

我が家の家宝は、長野県坂城町に居住し、刀鍛冶としてご高名な宮入小左衛門行平先生から、昭和六十一年秋に作って頂いた二尺三寸四分の日本刀一振りである。

我が家では、幸せにも二人の男子に恵まれたものの、どうしても女の子が欲しいと願っていた矢先、幸運にも三人目の子宝に恵まれた。

今を遡ること三十二年前になる。

妻の妊娠六か月目の頃、担当の先生からは「男のお子さんですよ」と告げられた。

「ありゃあ、少し予定が狂ったわい」と、女の子の出産に未練を残しつつも喜んでいたある日、戦国武将の毛利元就の「三本の矢」の伝記を思い出した。

「生まれ来る三人目の男子を含め、三人の子供に「三本の矢」の伝記を教えてあげ、男の三兄弟が力を合わせて仲良く生活ができるように、と願ってのことである。

そして「誰か一人は家宝を伝承し、その後は代々までも家宝として引き継いで貰えるかな」との淡い期待を持って「花見家重代」の銘を入れて作刀願った代物である。

その後、間もなくして妻が出産のために入院することになった。

無事な出産の報せがあるまでの間、二人の子供と妻の母親と四人で談笑しつつ吉報を待っていた。

間もなくして看護師さんから無事に出産ができ、母子共に元気であることを聞かされたころまでは驚かなかった。

ところが、看護師さんから続いて出た言葉は「女のお子様ですよ」とのこと。咄嗟に〝ちょっと待って下さいよ。今まで、男の子と言っていたじゃない〟との思いを噛み殺しつつ「えっ、男でしょう？」と、ついつい大声が出てしまった。

すかさず看護師さんからは「いいえ、女のお子さんですよ」との再度の言葉。我に返って「これは女の子に間違いない」と確信を持つことができた。そして、微笑みながら「やったあ〜、やったあ〜」と大声で騒ぎたてた。

そんな私に驚いて近寄って来た五歳の長男が「お父さん、何をそんなに喜んでいるの」と不思議そうに私の顔を覗き込んでいた顔が思い起こされる。

後に主治医の先生から教えて貰ったところでは、何と妻のお腹を撮影したレントゲンに映し出されていた、女の子の足を男児のおチンチンと見誤まり、妻には宿された子供を〝男児〟と誤って伝えてあったことを知らされた。

しかし、こんな見立て違いなら私達夫婦にしたら大歓迎の出産劇であった。

そんな思い出話を経て、幸いにも二男一女の子宝に恵まれ、不自由なく過ごさせて頂いていることに感謝の気持ちで一杯である。

さて、家宝の刀はと言うと、「花見家重代」の銘が刻まれているため、何れは長男か次男に後世までも継承して貰えることを期待してこの方三十年。月に一、二回は化粧箱から取り出して手入れをしつつ鑑賞しては堪能して来た。

ところが先年、二人の子供に対して、引き継いで貰えるか否かを聞いてみたところ、二人は口を揃えて「そんな危険な物は要らないよ」と、にべもなく断られてしまった。

私宅に刀が届いた当時、五歳と三歳になっていた長男と次男も、我が家には刀が有る事を子供心に承知していた事から、親の言うことを聞かないでぐずったり、隠れて指しゃぶりをしていた時など、その度に日本刀を取り出す仕草をしながら「よし、日本刀で切っちゃうから」と言っては、なだめ透かしていた。

そんな時、二人の子供達は「嫌だ・嫌だ」と大声で泣きながら、家中を逃げ回っていたものだ。そんな思いが、大人になった今も心に残っているのかどうかは知ら

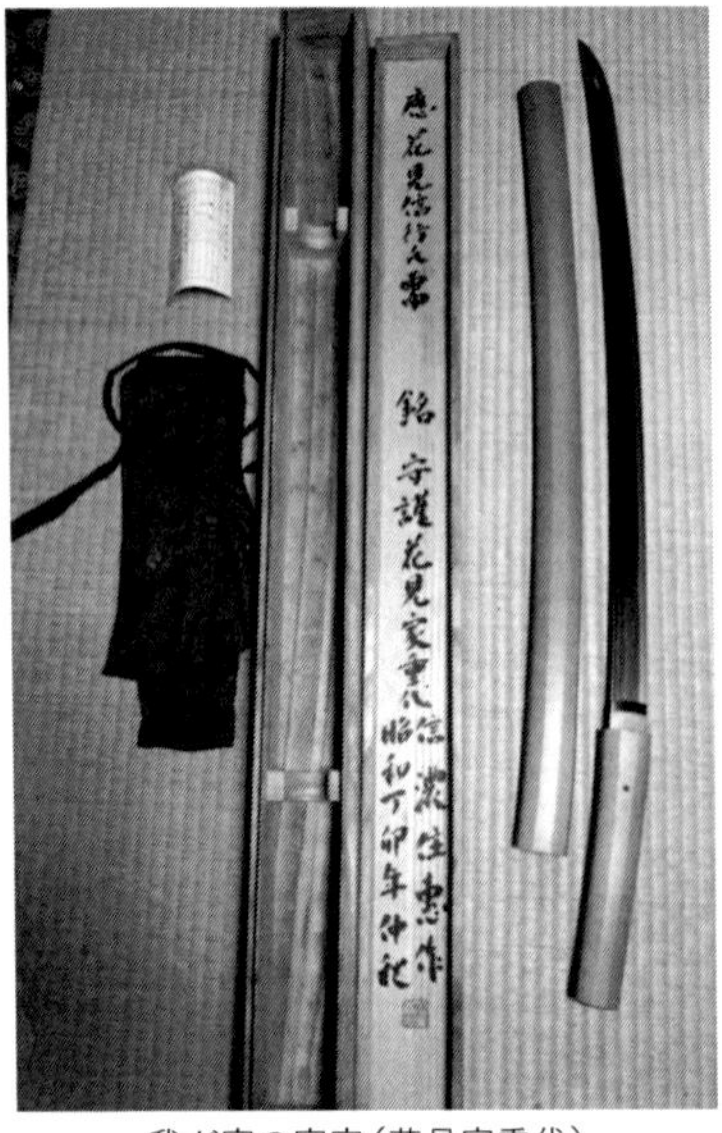

我が家の家宝（花見家重代）

ないが、日本刀と言うと二人揃って余り良いイメージを持っていないのかも知れない。

私の願いも叶わぬまま、それまでは小まめに磨いていた家宝だが、このところは力なく、年に一、二回程度の手入れとなってしまった。

作刀をお願いした宮入先生は、そのお父さんもご高名な刀鍛冶として人間国宝としてご活躍をされた誉高い刀匠である。

毎年頂く先生からの年賀状は、筆文字で丁寧に書かれており、その人柄が自然と伝わって来る嬉しい年賀状である。

晴れ渡る初秋の下、今日は久し振りに家宝を取り出して眺めてみようと思っている。

その十七　健康の基は笑顔にあり

自分を自分で評価するのは烏滸《おこ》がましいことだが、敢えて言わせて頂くとすれば、両親の姿同様、私は真面目だった分笑顔に乏しい生き方をして来たように思っている。

副署長の二年間の他にも、県東部の警察署において刑事課長として勤務した都合三年間、単身赴任を経験しているのだが、生来の真面目さ故か、自分には笑顔がないなと感じ、単身赴任先では宿舎を出る前に必ず玄関に掛けた大きな鏡に向かい、笑い顔を作り出しては鏡の中の自分に対して「よし、今日も頑張るぞ！」と気合を入れてから出勤していた。

また、新婚当初から年に一回程度であったが、妻と浅草に出かけて寄席の演芸を楽しんで笑って来た。

警察を退職した以降は、比較的時間のゆとりが増えたことから、年に三回程度は浅草に出向き、演芸に親しんでは二人して笑い転げている。

今年六月に立ち寄った寄席では、高名な紙切り師が披露してくれたパンダの紙切りに続き、舞台から「何か希望は有りませんか」と、紙切りの希望を聞いて来たのを幸いに、これまでに何回か寄席に足を運んで来た中で、いつかは頼んでみようかと考え、心に温めていた要望について「夫婦初詣をお願いします」と頼んでみた。

紙切り師は、一分間ばかり惰事を言って客席を笑わせつつも、頭の中では切り方の妙案を考えていたようで、そのうちに「はい、初めてですが挑戦してみましょう」と言いながら、着物姿の夫婦が神社の前で手を合わせている姿を見事に切って見せてくれた。

作って貰った切り絵は額に入れて床の間に飾ってあるが、目にする度に「流石にプロはプロだなあ」と感心している。

寄席では、やれ漫談に漫才に等と大声で笑う連続で、良い気分転換となり明日に向けた活力が湧いてくる。

やはり笑顔は健康の基である。

その十八　旅はするべし、恥はかくべし

人間的にも、経済的にもようやくゆとりが持てるようになった四十歳前から、家族旅行や妻との二人旅行を始め、私の両親は他界していたこともあって、妻の両親を連れての旅行を年に三回は行い、これまでに国内の主立った観光地は一巡した感がある。

ある年の夏、妻と山陰地方を旅行した折、宿泊先のホテルで芸人さんの〝どじょう掬い〟の妙芸に魅せられた。

やんやの喝采に続いて司会者が「どうぞ前に出てきて一緒に踊りませんか」と観客を誘ってくれた。若い女性が手を挙げて一番に舞台に上がった。「中々勇気のある女性だな」と思いながら、私も勇気を出して舞台に上がってみた。

埼玉県から来ているのだから、知り合いはいないだろうと考えて〝旅の恥はかき捨て〟

とばかりに芸人さんを真似て〝どじょう掬い〟をしてみたが、人前で踊るのは意外に気持ちの良いものであった。

ちなみに、最初に手を挙げた若い女性に対し、舞台の上で「どこから来たの」と声を掛けたところ、埼玉県の熊谷市から来ていた旅行客であった。

また、別の機会に中国・山陰地方を旅行した時の失敗談だが、集合時間と集合場所が指示されて自由行動の時間となった。折角旅行に来たのだからとの思いで、あちらこちらと巡っている間に集合時間が近づいて来た。

そのため、妻と集合場所に向かって歩き出したのだが、暫く歩いた後で、何となく集合場所とは逆の方向に歩いていることに気が付いた。

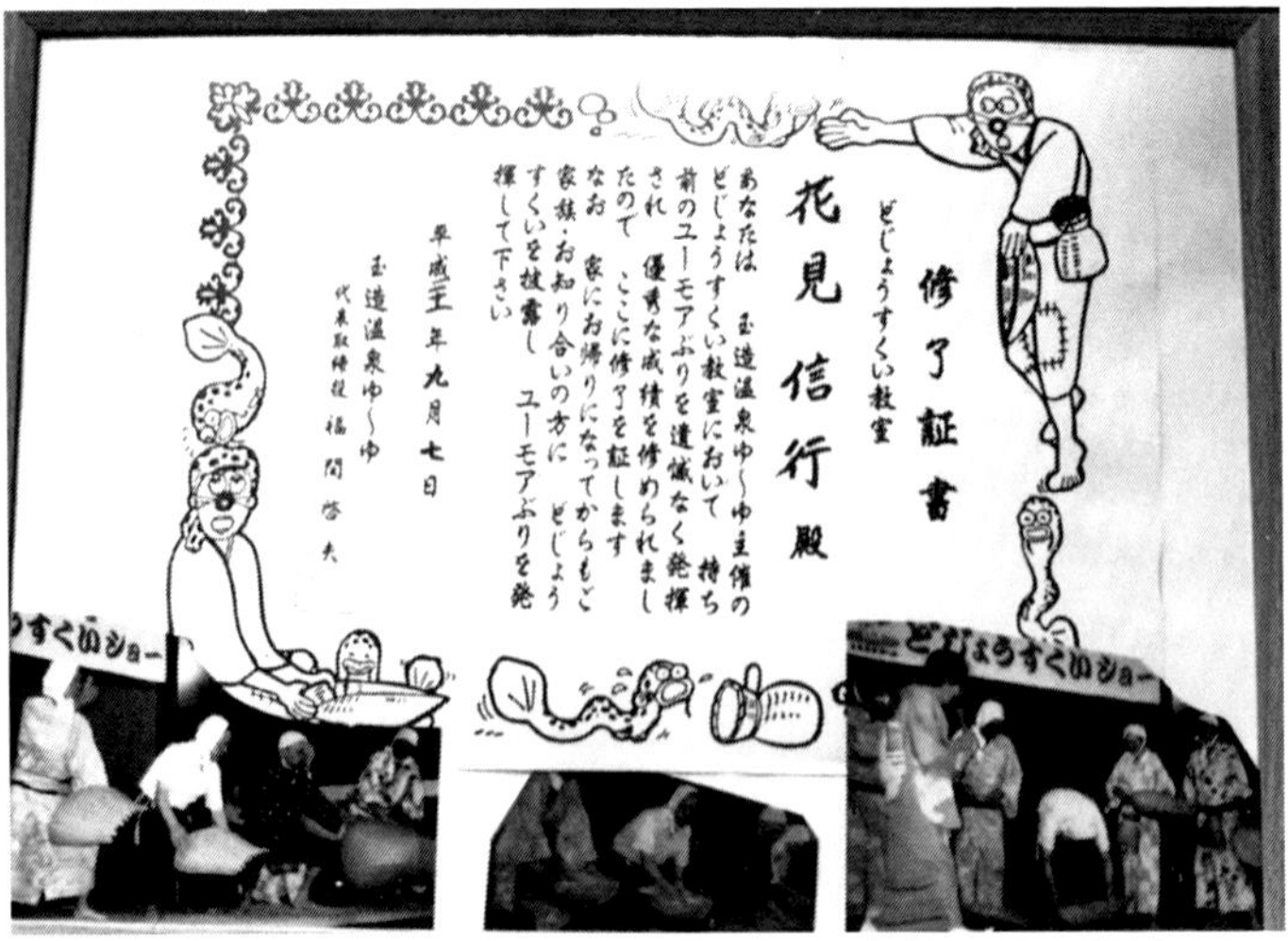

ホテルの舞台において「どじょう掬い」と修了証書（白シャツが筆者）

もう、集合時間までは十五分もない。焦る気持ちを抑えながら約二キロ程の道のりを走り続け、ようやく集合場所に辿り着くことができた。

ガイドさんから「まだ、時間がありますよ」と言われたものの、他のツアー客は全員揃っていて、車内で私達二人を待っていてくれたのである。

バスには乗ったものの、三十度近い夏日の中を走り続けたことから、車内の冷房など無しに等しい位、汗が引かずに大慌てしたことも有った。


国内旅行も全国をひと巡りしたことから、今度は海外の旅をしようと決め、三年前からオーストラリアをはじめ三カ国を旅行し、その都度大なり小なりの恥をかいて来た。

ある旅行では、機内食が運ばれて来る前に、片言の日本語を話す乗務員さんが英語で書かれたメニュー表を持って来てくれたので、事前に食事を選んでおくようにとの説明は概ね理解ができた。

そのメニュー表をみたところ「寿司・・・」とか「ヌードル・・・」とか書かれた単語程度は私も妻も理解はできる。

しかし、英語で書かれたメニューが沢山続いていて、何を頼んでよいのやら皆目分からない。何でも食べられれば良いと考えて見たが、海外旅行の経験のなさ故か、周りの席には日本人が沢山座っているのだが聞く勇気もない。

そこで、英語の単語力だけを頼りに「寿司・・・」と読める単語の後ろにも英語が続いていたところに、大きな赤丸を付けて食事を運んで来る乗務員さんを待っていた。

傍に来た乗務員さんにメニューを示したところ、乗務員さんが二人して怪訝な顔をしながら何事か話しているのだ。

何を話しているのかが解らない分だけ、私達の気持ちも焦ってしまう。

そこに、日本語の上手な乗務員さんが来て、先の乗務員さんと何やら話していたのだが、私達二人に向かいこう言うのだ。

「丸印は、お寿司全部です。この中から一つを選んでください」とのこと。それでようやく先の乗務員さんの二人が困っていた意味が理解できた。

背中を汗で濡らしながらも、ようやく適当な一行を指差して事なきを得たが、知らないという事は恐ろしいものである。

またある国では、ビールが飲みたいとホテルのロビーに並ぶ自動販売機の前に行って見た。すると、英語文字で書かれたビールが沢山並んでいる中で「ＫＩＲＩＮ・・・」と読める缶ビールが目についた。

英文字が長々と続いていたのだが、頭の文字を読んだだけで、日本のビールと勘違いをしてしまった。

私は、ようやく日本製のビールが飲めることが嬉しくなり一本買い求めた。

丁度そこに、ツアーで顔見知りとなった女性が近づいてきて「お父さんが、ビールなら何でも良いから買って来るように言われたけど、解らないので困っちゃうわよね」と話しかけてきた。

そのため「ここに日本製のビールがありますよ。私も一本買ったところです」と、指差した私に釣られ、その女性も私と同じ缶ビールを買い求めていた。

部屋に戻って一口飲んでみたところ、どうにも私の口には合わないのでひと口飲んで止めた。缶の底には、日本のラムネのようなビー玉様の物も一個入っているため、可笑しいと思って横文字を小まめに読んで見たところ、どうやら「フィンランド」と書かれている単語が読める。他国のビールを買ってしまったようである。

アルコールの味は、各国によってかなり異なるものであることを知った。

翌朝、かのご夫婦と顔を合わせた際「昨夜は済みませんでした。飲めなかったでしょう」

とお詫びしたところ、笑顔で「私は、ビールなら何でもいいんですよ」と、お世辞で私を庇ってくれて恐縮したものである。

旅の恥はかき捨てでも良いじゃないか。これからも、国内外の旅を続けたいものである。

「副さん短信」について

警察署の副署長として二年間勤めさせて貰った。

この間、全職員に知っておいて貰いたい業務上の知識をはじめ、その末尾には、私個人の考え方やものの見方等について、Ａ４判一枚に纏めて署内の食堂や掲示板に掲出し、職員に目を通して貰っていた。その数も退職するまでに二十八号を数えた。

そんな各号の末尾に載せた、私個人の考え方等について抜粋してみたい。

第一号「人と話をするとき」

人と話をする時、言葉遣いや話題などに注意する人は多い。ところが、声のトーンに気を遣う人は意外と少ないように思える。

葬儀など特別な場合を除いては、声は大きくはっきりとしたトーンで話すだけで、その人のイメージは大きく変わるものである。

声は生まれつきと言うが、心掛ければ聞きやすい声になるのはアナウンサーを見れば明らかである。

電話の場合はなお更のこと、相手方が聞き易く話すことに注意すると共に、氏名をきちんと名乗るように心掛けようではないか。

第二号「気の利いた報告」

「気の利いた報告」とは、廊下ですれ違った時、或いは帰りがけなどのちょっとしたタイミングを逃さずに報告することである。

タイミングを見て、ほんの一言で良いから報告をすることで上司は安心ができる。

それは、報告を受けた者に好印象を残してくれる筈である。

下命を受けた時「急がなくてもいいよ」との言葉を真に受け、いつまでも放ったらかしにしておくことは愚の骨頂と知るべきである。「どうなった」と聞かれるまで放りっぱなしではそれ以下である。

第三号「身を律する」

全国的に警察官の不祥事が続いている。その度に組織の士気は大きく低下し、家族は居場所がなくなってしまい大きく傷が付く。

結果が解っているんだから、身を律して凛々しく生きて行こうではないか。


「地に足を付けた業務」


地に足を付けた業務とは、自分の置かれた立場を良く理解し、間違いやミスを犯さない業務を進めることである。

その中には、急を要する案件であれば格別、そうでない平時においては、不在の上司を飛び越えて上に報告する姿勢に好感は持てない。

組織に生きる者は、やはり順を経て上司に報告を入れる姿勢こそが大切なことであるように思う。

第四号「新人さん腐らず努力を」

単純に言えば、できなかったことが出来るように努力をすることです。

そのためには、多くの現場に積極的に足を運んで体験してみることが大切なことです。

新人さん、焦らず腐らずに日頃から努力を積み重ねて下さい。


「見えない相手に誠意をもって」

市民からは様々な要望を受けるが、電話の場合は相手が見えない分だけ難しい対応が迫られる。

相手の姿が見えなくても、誠意のある言葉や丁寧な言葉遣いは必ず相手方に通じるものである。

相手との電話を切った後で「感じの悪い奴だな」と感ずることが良くある。電話であれ、見えない相手にこそ誠意を持った対応に心したいものである。

第五号　「余剰残心」

茶の湯に造形の深い井伊直弼が「茶湯一会集」の中にこんなくだりがあるそうだ。もてなしを終えた主人は客を見送るが、客の姿が見えなくなるまで、否、見えなくなってもなお視線を注いで客の無事を祈る。客の方もまた、茶室を退出するや声高に話したりはしない。

剣道には「残心」という言葉が良く使われるが、人が人に接する世の中で相手を思いやり、いたわりの心を持った対応は大切なことである。

第六号　「心の充実と家庭の充実」

誰にも些少の趣味はある。

とりわけ私などは、無趣味の大酒飲みとしか言いようがない。

それでも、昔から走って汗を流す事が大好きで、今朝も宿舎の周りをランニングして心地よい汗を流してから出勤してきた。

快い汗を流すことにより、その日一日の心の充実が図られる。それがひいては家庭の充実にも繋がっているように思える。

第七号　「暑さに負けない気力を持って」

暑い暑いと嘆いてみても始まらない。

ましてや、我々警察職員は事件の通報を受けて「少し涼んでから向かいます」という訳にはいかない。

そのためには、日頃から汗をかいて身体を軽くしておくことが大切である。

余暇にジョギングをしてみたり、スポーツジムに通うも良いし、時には家庭菜園で流す汗もまた良しである。汗を出して気力を充実させ、市民のために頑張ろうではないか。

第八号　「汚したら綺麗にしよう」

「綺麗」と辞書で引いてみると「美しい物に接して充足感や満足感を感じる様子」と書かれている。

当署にも、朝早くから出勤して職場の内外を綺麗に掃除をしてくれる職員がいる。

私達は、犯罪者を捕まえるプロ集団である。しかし、それにも増して常識人として〝他人を思いやる心〟を持つことは大切なことである。

汚したのなら、他人を頼りにしないで自ら責任を持って身の回りを綺麗にしようではないか。

私達は、何事にもプロ意識を持ちたいものである。

第九号 「幸せと不幸の分かれ道」

当署の一階に「心に響く一冊」と題された寄贈文庫が数十冊置かれている。

丁度、お盆の時期とも重なったことから、過去に読んだ本の中に「地獄の箸と極楽の箸とはどちらが長いか」の一文が書かれてあったのを思い出したので読んでみて欲しい。今号は、これだけの中味で終わりとします。

昔、在るところに地獄と極楽の見学に出かけた男がいた。

最初に地獄に行って見ると、丁度昼食の時間であった。

男は「地獄のことだから、きっと粗末な食事をしているに違いない」と思いテーブルを見ると、何とそこには豪華な料理が山盛りではないか。

それなのに、罪人は皆ガリガリに痩せこけている。

「おかしいぞ」と思って良く見ると、彼らの手には非常に長い箸が握られていた。その長い箸を動かしてご馳走を口に入れようとするのだが、出来る筈がない。怒りだす者もおり、それどころか隣の人が掴んだ料理を奪い合おうと醜い争いが始まっていたのである。

次に男は極楽に向かってみた。

夕方の時間らしく極楽に往生した人達が食卓に仲良く座っていた。勿論、料理は山海の珍味である。

「極楽の人は流石にふくよかで肌も艶やかだな」と思いながらふと目をやると、何とそこでは地獄と同様に一メートル以上もある長い箸を使っているではないか。

いったい、地獄と極楽とでは何が違うのだろうか。そんな疑問も間もなく解消した。

極楽の彼らは、箸でご馳走を摘むと「どうぞ」と言って、自分の向こう側に座っている人に食べさせていたのだ。ご馳走を食べさせて貰った相手方は「有難うございます。今度はお返しですよ、あなたは何が好きですか」と聞いては食べさせてくれる。

男は「極楽へ行っている人は心がけが違うわい」と感心した。「自分さえ良ければどうでも良い」という地獄の男達の考え方には幸せはやって来ない。

思いやりの心を大切にして、他人のためを思って行動する人は、また周囲からも大切にされ、自分自身にも幸せが巡って来るものである。巡り合わせは幸せの基である。

第十号「市民のための警察」

市民が警察と接する機会は運転免許証の更新とか、事件・事故に遭遇して一一〇番通報をする時位のものです。

市民が困った時、最後の拠り所となるのは警察なんです。

だからこそ「警察は困った市民の最後の砦である」という意味を全職員が良く噛みしめた市民応接に心掛けて欲しい。

市民の目線に立って、思いやりのある業務を進めて頂きたい。

「**挨拶の大切さ**」

一日の始まりは気持の良い挨拶をしよう。

人と出会って、しらばくれていてはその日に出会うべき幸せまでもが逃げ去ってしまうように思います。

上下の関係なく、相手に気が付いた側から挨拶をする。そこから、大切な人間関係が生まれるのではないだろうか。

第十一号　「見えない相手にこそ誠意を」

職員同士の電話と解っているのに「はい」とひと言で軽く受け流す職員が多い。外部からの電話を受ける場合、時によってはいきなり姓名を名乗ることが不都合な場合もあるだろう。

ディスプレイの標示によって部内同士の電話と解っている筈なのに先の対応は悲しい限りである。

「はい、○○課の○○です」とはっきりと名乗ろうではないか。

外部に架ける場合も同様、きちんと所属・氏名を名乗ることは世の習いである。

見えない相手にこそ誠意をもって接しようじゃないか。私達は、市民応接でも常にプロであり続けたいものである。

第十二号　「果敢な挑戦」

ナポレオンの言葉に「勝とうと思う人だけが勝てる」とある。〝絶対に捕まえてやるぞ〟とか〝絶対に落としてみせるぞ（自供させること。）〟という果敢な挑戦こそが我々を成功へと導いてくれる。

常に挑戦する姿勢は、上司から見ても頼もしく映えるものである。

そんな姿勢を持ち続ける職員には、部下も自然と集まって来るように思える。

第十三号　「前進」

ある新聞のコラム欄に、本庄商工会議所会頭の高橋氏が「思えば叶う」の言葉を座右の銘として挙げられていた。

また、プロサッカーチームの浦和レッズで統括指揮を執っておられた犬飼氏の講演では「リーダーの条件は、川があれば迷うことなくリーダーがまず飛び込むこと」と話されていた。

二人に共通して言えることは、常に前を見据えた積極的な姿勢を持つことの大切さを教えてくれているのではないだろうか。

第十四号　「心の目」

高校野球の夏の選手権大会で優勝した、沖縄水産高等学校の我喜屋監督がインタビューで「小さなことでも全力でやること。小さなことを見ようとしない人には見落としがいっぱいある」と話されていて印象に残った。

私達の職場も同様、相手方に対して気配り・心配りの仕過ぎはない。ゴミが落ちていたら積極的に拾おうじゃないか。職場で迷った素振りが見える市民に出会ったら「どちらに行かれますか」と積極的に声を掛けてあげようじゃないか。

是非とも心の目を養って欲しいものだ。

第十五号　「失敗して抜擢された男」

「今、何時じゃ」。

備前岡山の藩主、池田光政は夜中にフッと目を覚まし、隣の部屋に向かって訪ねた。そこには、寝ずの番が詰めている筈である。

この日は、十七歳の津田永忠の番であった。不覚にも居眠りをしてしまった永忠は素直に「申し訳ございません。つい寝てしまい何時か判りませぬ」と謝った。

この時光政は、その怠慢を責めることなく〝事を成す男なり〟と独りごとを言ったとある。

【一万年堂出版『思いやりの心』から抜粋】

とかく人間は、ミスを犯した場合は咄嗟に誤魔化したり、言い訳が先になりがちであるが、この永忠は素直に答えた。光政は、この点を高く評価したものである。

ミスを犯した時、弁解することなく如何に素直に謝れるか。人の値打ちとは、そんなところにあるように思える。

第十六号「ミスの認識」

有ってはならないことだが、私達が人間である限り多少の失敗は必ずついて回る。

そう言って簡単に妥協する私も、酒の上での失敗は数多い。

自分がミスに気付いた時、如何にしたら速やかに上職者に報告ができるか否か、そこが人生の分かれ目となる。

犯したミスを取り繕うため、更に嘘を重ねて傷口を広げてしまう事例は枚挙にいとまない。ミスを犯した部下を「懲らしめてやろう」と思う上司はどこにもいない。そこを肝に銘じ、地に足をつけた仕事をして頂きたい。さて、皆さんはどのように思われますか。

第十七号　「部下から学ぶ」

警察人生も四十年を経たが、私はここまで交通警察と警備警察に携わった経験がない。そのため、この歳になっても知らない事が山ほどある。

これまでの職場でも「知らないことは恥でも何でもないことだよ。知ったか振りをしている事こそ一番いけないことである。知らない事は、たとえ部下で有っても素直に聞くことのできる人間になって欲しい」と教えてきた。

交通警察の部門をはじめどこの部署であれ、疑問点を私から尋ねられて「副さんはこんな事も知らないのか」と思わないで教えて貰いたい。人間は、幾つになっても学ぶ姿勢は持ち続けたいものだ。

第十八号　「好きな言葉」

二十数年も前のことになるが、立ち寄った吉川町（現在は吉川市）の某寺の境内にこんな文句の石碑が刻まれている。

「人は結果のみに期待し
努力を惜しむ悪い癖を持っている
人生の意義は結果ではない
努力をする過程の中に
光があり価値がある」

というものである。

以来、自分への励みの言葉として自戒して来たつもりでいる。努力は必ずその人を輝かせてくれるものである。昇任試験の突破を！。

第十九号　「努力を見える形で」

好むと好まざるに拘わらず、年に一度の各級昇任試験が間もなくやってくる。

人は、其々に人生観が違うし「絶対に受験しなさい」とは言わない。でも「一つ立場を変えて見たら」とだけは言わせて貰いたい。

今より、責任のある立場で仕事を進めてみた時に、自分の視界がより大きく広がることだけは、過去の私の経験からも言えることである。

職場から一人でも多くの仲間が合格をし、胸を張って大きく巣立って欲しいものである。チャンスは誰にも公平に有るのだから。

第二十号「一月三舟」

昨年のことだが、某紙の県内版にキヤノン電子社長の坂巻氏の座右の銘として「一月三舟（いちげつさんしゅう）」が載っていた。

その意味として、一つの月も止まっている舟、北へ行く舟、そして南へ行く舟から見ると、その月は其々に異なって見えるものである、と書かれていた。

物事は、見方により様々な解釈ができるもので、自分がこれだと思った考え方も、部下はどう理解しているのか、上司はどう考えているのか等と、多角的な視野に立って仕事を進めて貰えたなら、より良い実績の向上が図られることだろう。

第二十一号　「四苦八苦について」

先日、某紙の朝刊に「四苦八苦」と言う言葉が有ると載っていた。

「四苦」とは、生きて行く苦しみ、老いて行く苦しみ、病になる苦しみ、死ななければならぬ苦しみだそうだ。

他の「四苦」とは、愛する者と別れる苦しみ、嫌な人に会わねばならぬ苦しみ、手に入れようとしても得られぬ苦しみ、そして心と身で味わう苦しみであると書かれていた。

思うに、人間が人間らしく生きて行くために大切なことを説いてくれているように感じたところである。

第二十二号　「前向きに生きる」

以前から、感銘を受けた新聞記事等をスクラップしている。そんな中に
・努力は人を見捨てない「埼玉県接骨師会会長の淵辺吉博氏」
・思えば叶う「埼玉県本庄商工会議所会頭の高橋福八氏」
・正直は最善の策「埼玉県商工連合会会長の大久保理海氏」

等がある。

人と人との大切な繋がりの中で、正直にそして素直に自分の目標を見失わずに努力を続けたなら、願いは必ず成就するものである。

第二十三号「約束」

当署の警察官友の会々長として長年お世話になっている、平沼氏が書かれた「へそ曲り放談」という小雑誌に目を通していたら、以下の貴重な教えが書かれてあったので紹介する。

約束は直ちに成立するが、さて実行となると色々な行違いができて、中々その通りには守れないことがある。

「約束をするのが遅い人は履行するのに忠実である」という言葉がある。

約束は、相手の立場を考え、相手を不愉快にさせないよう、十分な心遣いが必要であると考えている。私の自慢は「約束を破ったことが無い。交通事故を起こしたことがない。この二つである」というもの。

とかく約束を破るような人ほど「あの時は・・・」等と自己弁護に走りがちである。たかが約束、されど約束である。

第二十四号　「昇任試験は公平だ」

間もなく、各所属の推薦による選抜昇任試験がある。

「そんなもの、年功で誰でも昇任できる」等と安易に考えている職員はいないだろうか。

この時ばかりと力んでみても、平素の仕事振りや人間性が合否を決するものである。それだけ昇任試験は公平なものである。一夜漬けの勉強ではなく、プロの職業人として日々の努力と研究心を持ち続けようではないか。その積み重ねが必ずや大輪となる筈である。

第二十五号　「趣味を活かす」

今から十年ほど前だが、今後の中国の伸びを考えた場合、中国語を話せることが大切なことだと考えていた矢先、週に一回の中国語の講習会が有ることを知り、約二年間中国語を教えてもらう機会を持った。

昨年、警察本部の留置センターに赴任して間がない頃、洗面所をいつも綺麗に掃除してくれる中国籍の留置人が目についた。

勇気を出して房外から「有難う」と、自己流の中国語で話しかけてみた。

たったの二年間。それも、週に一回程度の勉学経験しかない私のため、自分の発音が正しいか判断もつかないままに喋ってみた。ところがその留置人は、最初こそ「ここの警察官は中国語を話せるのか」と言うようにキョトンとしていたが、直ぐにニコリと笑うではないか。

適当に話したつもりの中国語だが、意外と通じた喜びを味わえたひと時であった。

しかし、そのあとに続く単語は一つも話せない。初めて中国語を話せた優越感を感じながら、続く言葉が出てこない勉強不足に対して、少し淋しい思いも沸いて来た。

スポーツでも語学でも何でも良い。人生は何か一つ学ぶだけの心の余裕が欲しいものだ。

第二十六号　「上手なお付き合い」

人との出会いは相手を知ることから始まる。

初対面の席で名刺を交換し、頂いた名刺をそのまま仕舞い込むようでは失格である。

頂いた名刺を手元に置き、会話の中に相手の名前を入れて呼びかけることによって親近感が増し、親しみがより一層深まるというものである。

そして、その先では、相手も必ず自分を敬ってくれること請け合いである。

我々は、市民と出会う機会も多いのだから、折角出会うことができたご縁を大切にして生きて行きたいものである。

第二十七号　「酒は三献に限る」

酒は適量を飲むのが良く、酔いつぶれるほどまで飲んではいけないことの戒めの諺である。人をもてなす時に「酒を三杯勧めることを一献と言い、それを三回繰り返す程度の飲み方が良い」と古事記に書かれて有ることを、昔にある先輩から教えて頂いた。

さしずめ凡人の私など、飲み始めたら九杯程度では到底納まりそうもない。

酒好きな人に「飲むな」と言ってみたところで「はい」と素直に聞く耳を持つ呑んべーさんは少ないであろう。

その分、日頃から自分の適量だけは良く知っておくことが何にも増して重要な事である。

いつもと同じ量を飲んだとしても、体調によっては酔い方も全然違うものである。

「疲れたな」と感じた時に飲む酒は、ことの他酔いも早いものである。

第二十八号　「退職期を迎えて」

間もなく、私も退職の日が近づいてきた。「副さん短信」も今号を持って最後となる。食堂に行った際、掲示版を目で追っている職員がいて嬉しかった。

流し読みでも構わない。掲示した各号の中にたとえ一行でも良いから、職場の皆さんに納得して貰えた文章が有ったとしたなら、私にとっては望外の幸せというものである。

よし、退職の日まで頑張るぞ！

POLICE
家族の幸せは、真っ直ぐな道を進むことが何よりも大事なことですよ。
POLICE

終わりに
～酔いどれ副さんの独りごと～

過去に、小さな警察署でのたった一年の刑事経験しかなかった私が、歳若くして大規模警察署の強行犯係長となり、勇んで赴任してみたものの、刑事経験の乏しさは、若さとやる気だけでは適正に業務を仕切ることができなかった。

五十歳代のベテラン刑事や、警察本部での勤務経験が豊富な猛者を部下に抱え、もの言えない統率力に欠けた係長の私であった。

そんな私が、日増しに悩みを抱えるようになり、赴任してから約三週間を過ぎた頃のこと。警察社会の右も左も解らぬままに私と結婚し、それ程間がない妻との朝食の最中に「駄目だあ～」と喚いて食卓上に塞ぎ込んでしまった私がいた。

そのまま食事もせずに、妻に言葉をかける余裕もなく家を後にした。

一日をどのように過ごしたかさえ覚えがないまま、惰性の一日を終えて帰宅の途に就いたが、共働きの妻は未だ帰宅しておらず、一人で淋しく真っ暗な台所の電気を灯けてみた。

すると、ぼんやりと照らし出された奥の居間に何やら白い紙切れが目に入った。

それは
「あなたならできる。

最初からできる人なんていない。

頑張って！」

と書かれた妻の置手紙であった。

読み終えた途端、目の前が急に明るくなり、沈んでいた気持ちが一気に楽になってきた。

そして、それまでの「うつ状態」も吹き飛んでしまったではないか。あの時、一気に悩みが吹っ切れた時の自分の微笑みは生涯忘れることはないだろう。

妻は、警察社会を知らずして私と一緒になった訳だが、私が落ち込んでいた数日間は、私以上に苦しみ抜いていたことだろう。あの時は、思わず感謝の気持ちで胸が熱くなり涙がこみ上げた。

その夜を境にして、部下に対してもの言える上司への脱皮を目指し、仕事への取組み姿勢も徐々にではあるが、前向きに変わることができた。

そして、強行犯係長として一年が経った頃には〝何でも来い〟の心境にまで大きく変われた自分の姿に気が付いた。

今以って、妻にはただ感謝の毎日である。

こうして原稿を書いている間も、テレビでは関西の某警察署における留置人の脱走事件が連日報道されている。

また、一部の心ない警察職員による盗撮事件や飲酒事故等も紙面を賑わせている。

でも、全国の津々浦々で勤務する多くの警察職員は、異常気温と言われた今年の夏も、額や背中に汗を滲ませながら市民を守り抜く使命感に燃えて街頭活動に、そして地道な聞き込み捜査活動等に一丸となって奮闘してくれている。

そんな折も折、職務に忠実に励んでいた将来ある若手の警察官が暴漢に刺殺され、殉職するという痛ましいニュースも飛び込んできた。

しかし、そんな卑劣な輩に対しても、決して怯むことなく日夜頑張ってくれている警察職員の姿を、多くの市民は見て良く知っている。

そんな市民の期待に沿うためには、警察職員の充実した家庭生活も当然に求められることになる。

猛暑が過ぎて四季は変われども、普遍の使命感を持って頑張ってくれている、全国の警察職員のご活躍を切に願うものである。

「酔いどれ」を支えてくれる13人の仲間たち

【著者略歴】　花見 信行（はなみ・のぶゆき）

昭和45年 4月　埼玉県巡査拝命
平成18年10月　埼玉県警視昇任
通信指令課調査官
留置管理課 留置センター所長
浦和西警察署副署長
24年 3月　埼玉県警察退職
4月　獨協医科大学付属さいたま医療センター（旧・獨協医科大学付属越谷病院）参事
30年 3月　同センター退職
4月　さいたま市 ライン企画工業（株）相談役。現在に至る。

酔いどれ副さんの独りごと

2019年2月15日　初版第1刷発行

著　　者　花見 信行

発 行 所　関東図書株式会社
〒336-0021 さいたま市南区別所3-1-10
電話 048-862-2901　URL https://kanto-t.jp/

印刷・製本　関東図書株式会社

©Nobuyuki Hanami 2019　Printed in Japan

●本書の無断複写は、著作権法上の例外を除き、禁じられています。
●乱丁本・落丁本はお取替えいたします。